獰猛な秘書は支配する

水上ルイ

幻冬舎ルチル文庫

CONTENTS ✦目次✦

獰猛な秘書は支配する

✦カバーデザイン＝吉野知栄（CoCo.Design）
✦ブックデザイン＝まるか工房

イラスト・海老原由里✦

獰猛な秘書は支配する

司条由人

「あなたの会社は、もう倒産を免れることはできません。もって、あと二カ月」

私は言いながら、手元の書類の数字を指先で叩く。

「管理職に支払われる桁外《けたはず》れの給料、増えすぎた子会社、うさんくさい新業態、下がり続ける年商」

私はひどすぎる経営状態を示す数字をもう一度見て、深いため息をつく。

「このままでは、世界中に何万人といる社員がすべて路頭に迷うことになりますよ」

ここは、丸の内にある私のオフィス。私の一族が経営する司条《しじょう》グループの中心になっている司条商事の本社ビル。最上階の取締役室の一つだ。壁一面がガラス張りになっているために、部屋には朝の日差しが溢《あふ》れている。高層階から見下ろす東京の景色は、成功者に相応《ふさわ》しい煌《きら》めきを持っている。よく眠ってシャワーを浴び、出社したばかりならさぞ清々しい朝だろう。

……残念ながら、昨夜は一睡もできなかったが。

私の名前は司条由人《よしと》。二十九歳。父が経営するこの会社で取締役部長を務めているが、最近では司条グループを大きくするためのM＆Aに熱中している。我が司条グループには、まだまだ弱い部分が多い。今まで切り捨ててきた人間は数知れず。悪魔のようだと言われることもあるが、私は司条グループを大きくするためならどんなことでもするつもりだ。とても難しい仕事ではあるが、すべてにおいて完璧な私には、失敗など有り得ない。

「……倒産……ですか……」

私の向かい側に座った初老の男が、精も根も尽き果てたという顔で言う。彼がここに来たのはほんの十分ほど前だが、彼は彼で別の意味でこの数週間は安眠などしていないことだろう。目の下のクマは濃く、頬《ほお》はげっそりとこけている。ワイシャツはアイロンがかかっておらず、ネクタイはみすぼらしく捩《よじ》れている。彼は都内の一等地に豪邸を所有していたが、経営悪化の噂が流れると同時に債権者達やマスコミが押し寄せるようになった。彼の妻は子供を連れて海外に逃げ、彼本人は新橋の安ホテル暮らしのはずだ。

彼は日本に本社を置く大手電子機器メーカー、初芝《はっしば》電器の社長。十年前までは業界トップに君臨していたが、先代の社長（彼の妻の父親。彼は技術者だったが見込まれて婿《むこ》養子になった）が亡くなってからはほかの取締役達が幅を利かせ、好き勝手に会社を動かしてきた。そして『船頭多くして船山に上る』ということわざのとおり会社の経営は急激に悪化した。このままではもうすぐ彼の会社は倒産する。社長であるこの男は天文学的な借金を負って債権者から追われることになり、株主達は莫大《ばくだい》な損失をこうむる。最大手の倒産に同じ業界の数社も後を追い、そしてそれは日本の経済にも影響を及ぼすはずだ。

「何もかも、私の決断力のなさと発言力の弱さが原因です」

彼は顔を落とし、両手を膝《ひざ》の上で握り合わせる。やせて骨ばった彼の手は、血管が浮き上がるほど強く握り締められ、細かく震えている。

「ご迷惑をおかけして申し訳ないと思っています、司条さん。でも、銀行からの融資もすでに見込めませんし、同業他社からも見捨てられました。もうあなたにおすがりするしか……」

彼の哀れっぽい言葉を、私は手を上げて止める。

「これは慈善事業ではなくビジネスです。私はボランティア精神ではなく、利益を得るという目的のためにあなたに協力しています。申し訳なく思う必要はありませんよ」

チラリと目をやると、ドアの脇に控えていた女性秘書が近づいてきて、ローテーブルの上にさっき出来上がったばかりの分厚い書類の束を置く。アンドロイドのように無表情な彼女が、同情的な目で社長を見たことに私は気づく。見かけによらず家庭的で世話好きな彼女には、よれよれのワイシャツとこけた頬の彼がとても気の毒に見えるのだろう。

……もちろん、私はそれほど優しくはない。M&Aに情けなど無用だ。

「合併についての書類です。もちろん、私の会社に圧倒的に有利な条件ばかりが示されています。あなたには一応社長として残っていただきますが、それは経営者ではなく技術者としての実力を認めたから。実権は、私が送り込む新しい取締役達が握ることになります」

私は内ポケットから万年筆を取り出し、テーブルの上に置く。

「よくお考えになり、納得いかないようなら今すぐ席を立ってお帰りください。ですが、これほど経営の悪化した会社を買い取ろうとする物好きなど、私以外にはいないでしょう。ここにサインをする以外に、あなたの会社を救う方法はないと思いますよ」

相手は、書類をめくりながら呆然《ぼうぜん》とした顔をする。

……こんな顔をするということは、まだまだ考えが甘い証拠だ。

私は内心ため息をつき、ソファの背もたれに背中を預ける。

取締役だけでなく、管理職のほとんども解雇しなくてはならない。さらに大幅なコストカットと不要な業態の排除、いくつかの工場の閉鎖、その売却が必要だ。彼の会社の経営には彼の一族——妻の叔父《おじ》や兄弟達（そいつらがまた驚くほど無能だった）——が関わっていたのだが、彼らはすべて解雇するつもりだ。客観的に見れば、彼は私と共謀して妻の父親の会社を乗っ取った形だ。彼は激しい非難を浴びることになるはずだし、恐妻家で有名だった彼にとってそれは地獄の責め苦にも値するだろう。だが……。

「優秀な技術者だったあなたは、一職人であることを捨てて出世を選んだ。経営者としてのあなたは、はっきり言って無能でしたが」

私が言うと、彼はハッとしたように書類から顔を上げる。彼の顔に苦悩の色が浮かぶ。

「あの時の私は、妻の美しさと出世への欲で目が眩《くら》んでいました。今では、それが間違いの始まりだったと思っています」

「今のあなたはみすぼらしい負け犬です。変わりたければ、今こそご自分で決断すべきです」

私は言ってソファから立ち上がる。驚いた顔で見上げてくる彼に、

「一時間だけ時間を差し上げます。私が戻ってくるまでに、負け犬として終わるか、この私のビジネスパートナーになるか、どちらかを決断してください」

言って部屋を横切り、そのまま秘書とともに部屋を出る。

「お一人にしてしまって大丈夫でしょうか？　かなり憔悴《しょうすい》していらしたようですが」

廊下を歩く私に、後ろから秘書が話しかけてくる。いつもと同じ冷静な口調だが、微《かす》かに心配そうな響きがある。

「彼がおかしな行動に出ないか、ということか？」

長い廊下を歩いて、エレベーターホールで振り返る。彼女は私を通り越して壁のボタンを押し、それから小さくうなずく。

「君は本当に優しい人だな。……大丈夫だ、彼は必ずサインをする。そしてこの仕事も成功する。私の言葉を疑うのか？」

問いかけると、彼女は厳しく顔を引き締めて私を見つめる。

「いいえ。あなたの言葉は絶対です、司条部長。余計なことを言って申し訳ありません」

「わかればいい」

私は言い、到着したエレベーターに乗り込む。

「お待ちになる間、カフェに行かれますか？　それとも資料室へ？」

「『カフェ・ロマーノ』でカプチーノにしよう。本当は家に帰って寝たいところだが、そうもいかない。カフェインの補給だ」

私はため息をつきながら言う。この数日、まともに休んでいない。そろそろ一服しないと気力が尽きそうだ。

「かしこまりました」

彼女は言って、『1』と書かれたボタンを押す。エレベーターがゆっくりと動き始め、私はあの男の会社のことを思い出す。

「あの会社の所有している新エネルギーに関するいくつかの特許は、今後莫大な利益を生むことになるだろう。それに気づかずに放置していた経営陣の無能さには呆《あき》れ返る。私のようなハイエナに骨までしゃぶられても文句は言えまい。……まあ、あれほど経営状態が悪化した会社を建て直すという離れ業をやってみせるんだ。文句を言われる筋合いなどないが」

「さすがです、部長。心から尊敬いたします」

絶妙のタイミングで入る褒め言葉は、彼女以外に言われたらムカつくことだろう。だが彼女はそんな愛想を振りまくために時間を使ったりしない。その効率のよさも気に入っている。

「私のよさがわかるとは。君は本当に優秀な秘書だな」

私が言うと、彼女は眉《まゆ》一つ動かさない無表情のままで答える。

「もったいないお言葉をありがとうございます。とても光栄です」

いつもながらの反応に、私は思わず微笑《ほほえ》む。そして頭を切り替え、次のターゲットにする予定の会社のことを思う。

「フェリーニ社に関する新しい情報は？」

「秘書室と調査室のメンバーが総力を挙げて情報を集めています。二時間後のミーティングでご報告できるかと」

「そうしてくれ。あまり時間がない。明後日《あさって》にはローマに飛ぶ予定だ。新作発表パーティーに出席し、そこで経営陣への顔つなぎと情報収集を……」

「司条部長、そのことなのですが……」

彼女にしては珍しく、私の言葉を途中で遮る。語尾が不明瞭《ふめいりょう》なことも、いつもの彼女らしくない。

「どうした？　何か問題でも？」

私は少しいぶかしく思いながら聞く。彼女は私を見つめて言う。

「子供ができました。二カ月だそうです」

「えっ？」

あまりにも唐突な告白に、私は思わず声を上げる。彼女はいつもの無感情な顔のまま、

「もちろん、司条部長の子供ではありませんが」

彼女の言葉に、私は思わず微笑んでしまう。

「君が冗談を言うなんて、よほど嬉しいらしいね。……本当におめでとう」

私が言うと、彼女の目元が微かに染まる。

「ありがとうございます。主人もとても喜んでくれました」

「そうだろう。私もとても嬉しいよ。君とご主人のお子さんならさぞ可愛いだろうな」

私は、弟の隼人《はやと》の赤ん坊の頃を思い出して、心があたたかくなるのを感じる。

「お祝いは何がいい？　なんでもリクエストしてくれ。専属秘書である君の家族は、私の家族も同然だ。……ああ、その前に……」

私はそこで、彼女が私の言葉を遮った理由に思い当たる。

「安定期に入るまで、休日はじゅうぶんにとること。もちろん飛行機はやめておいた方がいい。……出張は私一人で行くので安心してくれ」

「ですが、部長」

彼女の顔が心配そうに曇る。

「部長お一人では心配です。秘書室のほかの人間を……」

彼女の言葉を、私は手を上げて遮る。

「出張くらい一人で行ってくる。君がいなくても大丈夫なことをきちんと証明しなくては」

彼女の顔が心配そうに曇るが、私は見なかったことにする。

……私はいつでも完璧だ。もちろん出張くらい簡単にこなしてみせる。……が……。

「ああ……飛行機のチケットの取り方だけ教えてくれないか？　プライベートでは執事に任せていたし、仕事では君任せだったので、今まで自分で取ったことが一度もないんだ」

彼女がさらに心配そうな顔をするが、私は目をそらす。

……もちろん私は一人でどんなことでもできるはずだ。

ヴァレンティノ・アマティ

「我が一族が守り続けたフェリーニ社も、これ以上はもう存続は望めない。……私の代でこんなことになるなんて、先祖に申し訳がたたない」

実業界の神と恐れられた彼のらしくない言葉に、私の胸がチクリと痛む。

彼の名前はマリオ・フェリーニ。六十歳。イタリアの大富豪フェリーニ一族の当主。高級スポーツカーで有名なフェリーニ・グループの現CEO……だが、CEOとは名ばかりの閑職にある。今、フェリーニ・グループの実権のすべてが、彼の狡猾《こうかつ》な弟とその娘、そして野心に溢れる彼女の配偶者に握られている。しかし彼らの経営手腕のなさのおかげで会社経営は傾き、長くは持たない状況にある。いくつかの企業から買収の話が来ているが、その中のどことも折り合いがつかない。このままでは倒産を免れないだろう。

そして私の名前はヴァレンティノ・アマティ。二十九歳。フェリーニ社の一社員として働いているが、実はフェリーニ一族の人間。しかし父母が籍を入れることが叶わなかったおかげで正式に認知されず、一族の人間のほとんどは私の存在すら知らない。だが、祖父に当たることの人だけは私の存在を知り、そして認めてくれている。もちろん財産などには興味がないので自分から名乗りを上げるつもりはないのだが、フェリーニ本社の身近な部署に置き、ビジネスに関して一から教えてくれたことにはとても感謝している。

ここは、ローマの郊外にある古い石造りの屋敷。もともとフェリーニ一族はローマ市内に贅沢《ぜいたく》なマンションをいくつも所有していたので、彼も現役の頃はそこに住み、会社との間を精力的に往復していた。取締役達は信じたくないようで次の手を考えようとしないが、このまま行けばそれらのマンションも、この屋敷も、そして世界中にある別荘も、すべて売り払って負債の返却に当てることになるだろう。

「もっと早くに私に相談してくだされば、もう少し有利に事を進めることができたのですが」

私が言うと、彼はさらにつらそうな顔になって、

「申し訳ない。ヴァレンティノ。……君にも、迷惑をかけることになるな」

「いいえ。それよりも……」

私は、彼の顔を見つめながら言う。

「……私がした提案を、ご検討いただけましたか？」

祖父は、ローテーブルに置かれた何冊ものファイルに目を落とす。

「これだけの情報を集めるのは大変だっただろう。とてもよくまとまっていた」

彼は私に視線を合わせ、真っ直《ます》ぐに見つめてくる。

「多分、わが社が生き残るには、この方法しかないだろう。……経営者としての才能は、おまえが一番持っていると思う。皮肉なものだが」

彼は言い、ソファの背もたれに深く背中を預ける。

「いや、今からでももちろん遅くない。経営再建後は、おまえも取締役に……」

「その話は……」

私は手を上げて彼の言葉を遮る。

「……この計画が成功した後で」

私が言うと、彼は小さく笑って言う。

「その慎重さ。おまえが取締役ではないなんて、本当にもったいないよ」

「今は、目の前の問題に集中させてください」

私は言って、祖父に新しいファイルを差し出す。

「電話でお話しした人物の、プロフィールと実績です」

祖父は厳しく顔を引き締めながら、表紙をめくる。一枚目のページには一人の若い男の顔写真が貼り付けられている。

「彼か？　ずいぶん若いようだが」

「確かに若いですが、企業再生に関して、現在の世界で彼以上の実績を持つ人間はいません。抱えているスタッフも優秀です」

「……ヨシト・シジョウ……？」

祖父はとても驚いた顔でファイルから目を上げる。

「彼が、あのシジョウ・グループのヨシト・シジョウか？　絶望的といわれたあのGYモータースを再生させた……？」

GYモータースは、かつては戦闘機のエンジンの会社として名を挙げ、ほかにも往年の名車を作り上げた歴史ある会社だった。が、社長が世襲制だったために若い経営者の一存で海外の工場で作られる安い大衆車に手を出し、故障が続出してクレームが相次いだ。あっという間に社名は地に落ち、経営が破綻《はたん》した。経営者が気まぐれに別の業態にも手を出していたこともあってその負債は天文学的と言われ、フェリーニのような同業他社も、深く同情はしながら見捨てることしかできなかったのだが……。

祖父の言葉に、私はうなずいてみせる。

「現在のGYモータースは、かつての名車のデザインを蘇《よみがえ》らせた『GY2』シリーズや、さらに高級なラインであるリムジンの『ガラ』シリーズで往年の名声を取り戻しました。最近では有名な映画会社ともコラボレーションをし、『M22』のシリーズも大ヒットさせています」

私は資料を慌ててめくる祖父に向かって言う。

「しかも驚いたことに彼がGYモータースを買い取ったのは、彼が大学院を卒業し、シジョウ・グループに入社してからたった半年後のことでした」

私の言葉に、祖父は愕然《がくぜん》とした顔で資料から目を上げ、私を見つめる。

「……半年？　本当に？」

祖父の声が驚きにかすれている。

「……信じられない。いったい、彼は何者なんだ？」

祖父は、世界的な大企業フェリーニ社の社長を何十年も務め上げた人間。それだけに、この司条由人という若い男が、とんでもなく貴重な人材であることがよく解るはずだ。

「私にもまだわかりません。ですが、それがただの偶然ではないことを証明するように、彼はその後も大規模なM&Aを次々に成功させています。それらの企業は司条グループの元で再生し、現在は順調にその業績を伸ばしています」

私の言葉に、祖父はまだ呆然とした顔でうなずく。

「ネスコ石油、エンパイア生命、ローゼズ・ホテル・グループ、ごく最近では日本の最大手と言われる某電気機器メーカーの買収が進んでいるという噂も聞いた。だが……まさか、そのM&Aを仕掛けた張本人のヨシト・シジョウが、そんな若い男だったなんて……」

「ヨシト・シジョウの成功は、もちろんシジョウ・グループの高い情報収集能力と、優秀な人材に助けられています。ですが……私には、それだけとは思えません」

祖父は私を見つめたまま、次の言葉を待っている。

「彼はきっと、特別な幸運の星の下に生まれている。私は彼のその強運に賭《か》けたいのです」

祖父はそのまましばらく黙り、それから小さく噴き出す。

「おまえはいつでも冷静で完璧に見えるが……たまに、そういうとんでもないことを言いだすんだな」

「非論理的なことを言って申し訳ありません」

私の言葉を、祖父は笑いながら手を上げて止める。

「いや、笑ったりしてすまない。だが、おまえのそんなところもとても気に入っているんだよ。……おまえの言うことは正しい。ビジネスの世界には魔物がいる。最後に勝てるのは、強運を持った人間だ」

祖父はふいに真面目な顔になり、私の顔を強い瞳で真っ直ぐに見つめる。そんなふうにすると、彼はとんでもないオーラを放つ。彼が『経済界の王』と呼ばれて恐れられていた理由がよく解る。

「ヴァレンティノ。絶望的な状況にある私達が最後に勝つには、大きな幸運を持つ人間の助けが絶対に必要だ。彼の幸運に賭けてみようじゃないか」

祖父の言葉に、私はうなずいてみせる。

「はい。ただ……調査の結果では、彼はとても多忙なうえに、とても気まぐれな男のようです。正攻法では相手にされない、もしくは足元を見られる危険性があります」

私の言葉に、祖父は難しい顔になる。

「それは面倒だな。どうすれば……」

「この男と自然にコンタクトを取れるように手を尽くします。その後のことは、その時にまた考えましょう。……ともかく」

私は言いながら、決意を固める。

「この計画は必ず成功させます。フェリーニ社はただの企業ではない。一族が守ってきた伝統そのものですから」

祖父は目を見開き、それからわずかに涙ぐむ。

「おまえという孫がいてくれて本当によかった。今はもう、おまえだけが頼りだ」

「ご安心ください、お祖父様。私は今まで失敗をしたことは一度もありません」

私は手を伸ばし、元気付けるために祖父の手をそっと叩く。そしてソファから立ち上がる。

「報告は随時入れるようにします。何か協力をお願いすることもあるかもしれませんが、その時はご一考いただけると嬉しいです」

「なんでも協力する。当たり前じゃないか。もしも必要なら私も一緒に……」

祖父は言い、それから話しすぎたせいかいきなり咳《せ》き込んでしまう。私は彼の背中を撫《な》でながら、サイドテーブルに置かれた水差しからグラスに水を注ぎ、祖父に渡す。

「ご無理はなさらないでください。今は私だけでじゅうぶんです。もしかしたら、今後、協力をお願いするかもしれませんが」

祖父は水を一口飲み、呼吸をしてから顔を上げる。

「もちろんだ。私でもまだまだできることがあるはずだ。なんでも言ってくれ」

三年前、祖父は自分の兄弟やその親族の陰謀で取締役社長という職位を奪われ、ＣＥＯの座に追いやられた。ＣＥＯにはほとんど発言権がなく、祖父はフェリーニ一族の正式な当主であるにもかかわらず会社の経営から追放されたも同然だった。

そのまま屋敷にこもるようになってから、彼は二十歳も年取ったように見え、体調も崩しがちだった。しかし、今の祖父の目には希望の光があるような気がする。

私は自分のこれからやろうとしていることが、祖父のこれからの残りの人生を大きく左右するであろうことを改めて心に刻む。

……私は、絶対に失敗することはできない。

「気力がなくなってから、すっかり体力も衰えた。医者からは身体《からだ》には問題がない、まだまだ元気なはずだ、趣味でも始めたほうがいいと言われているのだが……どうもその気にならないんだ」

私は祖父の手からグラスを受け取ってサイドテーブルに置き、そして彼の目を覗《のぞ》き込む。

「お祖父様。もしも会社を再建することになれば、ＣＥＯは今のような閑職ではなく、もっと重要なポストになるはずです。今のようにのんびりしていただくことはできなくなるでしょう。それまでに、お元気になっていただかないと困ります」

祖父の瞳は最高級のサファイヤのような深いブルーで、父とまったく同じ色。そして私もその色の瞳を受け継いでいる。祖父は私に残された最後の血族でもある。

「そうだな、ヴァレンティノ」

祖父は言い、ふと私から目をそらす。

「お前のような孫がいて本当によかった。おまえの両親が結婚できるように、もっと力を尽くしてやればよかった。そうすればおまえもフェリーニ家の正式な一員になれたのに」

「私は今のままでじゅうぶん幸せです。ですが……父母やあなたをつらいめに遭わせた人間達にフェリーニ社を潰《つぶ》されるのだけは我慢ができません」

◆

自分の屋敷に戻った私は、情報収集を頼んでいる人間から、司条由人がローマに到着したという知らせを受けた。そのままリムジンで彼が滞在するはずのホテルに向かい、ロビーで彼が現れるのを待っている。

……彼だ……。

私はロビーを横切る一人の男を見つめながら言う。

彼はほっそりとしてとても優雅な姿をしていた。ＳＰらしき男が二人、彼の後に影のように付き従っている。

彼がまとっているのは細身の黒のイタリアンスーツ。皺《しわ》一つなく整えられた白のワイシャツに、鮮やかなエメラルドグリーンのネクタイを締めている。

艶《つや》のある茶色の髪、白磁のように白い頬。

品のいい細い鼻梁《びりょう》と形のいい眉、クールに引き締められた薄めの唇。

長い睫毛《まつげ》が反り返り、その下の瞳は煌《きら》めく鳶色《とびいろ》。

彼は凜々《りり》しく、そしてとんでもなく麗しい青年だった。

……これが司条由人。日本の名門、司条家の次期当主であり、世界的な大企業、司条グループを裏から束ねるといわれている男。現在の所属は、司条商事東京本社、海外事業部部長のはずだ。

彼は悪魔のように切れる頭脳と一瞬も迷わない決断力を持ち、そのカリスマ性で数々の事業を成功させてきた。凜々しい見かけに似合った、百戦錬磨のビジネスマンだ。

……ああ……本当に、なんて眩《まばゆ》い男なのだろう？

司条由人

『司条由人は、まさに美しい経済界の悪魔』

アメリカのゴシップ誌の表紙に躍る文字に、私は思わず微笑んでしまう。そのインタビューを受けたのはこの間私がクビにした企業のトップ。退職金すら与えずに叩き出したのだから恨まれても仕方がないのかもしれないが……。

「あの会社の元経営陣達は本当にバカだ。私が買い取ったおかげで社員は平穏な暮らしを続けているというのに」

私はざっと目を通し、雑誌をサイドテーブルに放り出す。

私はローマで定宿にしているホテルの部屋にいた。サイドテーブルには、空港の本屋で買った新聞や雑誌が山と積まれている。海外にいる間もインターネットでニュースは欠かさずにチェックしているが、やはり地元のメディアの報道には独特のニュースも含まれるからだ。

私が次のターゲットにしている会社はフェリーニという自動車関連の企業。開発部やデザイン室はかなりの実力者揃《ぞろ》いで将来性があるが、経営陣は屑《くず》ばかり。私は上層部の入れ替えを考えている。会社を立ち上げた老CEO、フェリーニ氏と現在の取締役達の間には溝があり、CEOと会えれば少しは仕事がやりやすくなりそうなのだが、経営陣に警戒されているのかどうしてもコンタクトを取ることができなかった。

私はできる限りの力を使って、偶然、フェリーニ社のプレス向けの新商品の発表会の入場チケットを手に入れることができた。

展示会は明日、なんとかそこでフェリーニ社の内部事情をよく知る人間を探さなくてはいけない。

「……うまくいくことを祈るしかないな」

◆

「さて、ここからどうするか」

展示会場に入った私は、周囲を見渡しながら呟《つぶや》く。

本当ならCEOと話をするのが一番なのだが、経営陣と不仲の噂のある彼がこんなところまで出張ってくるわけがない。挨拶《あいさつ》か何かのために万が一来ることもあるかも……という一《いち》縷《る》の望みをかけていたのだが、開会の挨拶も商品説明も取締役社長のジム・エリントンが行った。

……考えてみれば、出たがりで有名な彼が、そんな美味《おい》しい役目をほかの人間に渡すわけがなかった。

私はため息をつきながら会場を見回し、襟元《えりもと》に社章をつけた人間を次々にチェックしていく。ただの平社員と話をしても埒《らち》が明かない。話がしたいのは、デザイン部か開発室の人間。そこからなんとかCEOへのコネを作れれば……。

「失礼、ミスター・ヨシト・シジョウではありませんか？」

すぐ後ろから聞こえた声に、私は驚いて振り返る。

そこに立っていたのは、驚くほどの美形。

ビジネスマンの基本的なマナーとして、私は一度会った人間は絶対に忘れない。しかもこんな並外れたルックスならなおさらだ。

……だから、この男とは初対面に違いない。いったい何者だろう？

身長が百八十センチある私より、十センチは大きい。イタリア車の展示会だけあって派手なイタリアンスーツに身を包んだ人間が多いが、その中で、純白の白のワイシャツと黒に近いシックなチャコールグレイのスーツがやけに映えている。シングルのスーツは品のいい英国風。控えめなラインにもかかわらずとんでもなくセクシーなのは、その下にある身体が彫刻のように完璧だからだろう。磨き上げられた靴は品のいいダークブラウン。滑らかな革の感じ、彼のお洒落《しゃれ》さをあらわすような細くて優雅な形。こちらはおそらくイタリア製の最高級品だ。

がっしりとした肩。引き締まったウエスト、高い位置の腰。スラックスに包まれているのは、見とれるような長い脚。ストイックに鍛えられた体型は、まさにパリコレモデル並み。陽に灼《や》けた肌、男っぽい眉、高貴なイメージの高い鼻梁。どこか冷淡そうな形のいい唇と、深く刻まれた奥二重。長い睫毛の下に煌めく瞳は、まるで最高級のサファイヤのように鮮やかなコーンフラワー・ブルー。

……こんなセクシーな男を見たのは、生まれて初めてかもしれない……。

呆然と彼に見とれてしまいながら、私は思う。

私の弟の隼人は天使のように麗しい容姿をしているし、その兄である私も客観的に見てもかなりの美形の類《たぐい》のはず。物心ついた時から、「美しい」という言葉は聞き飽きるほど言われてきたのでまんざら間違ってもいないだろう。だが、彼の端麗さは、何か人並みはずれたという言葉が似合う迫力がある。同じ男として、思わず嫉妬《しっと》してしまいそうだ。

……いったい、何者なんだ？

私の不審げな表情に気づいたのか、彼は唇に微かな笑みを浮かべてみせる。

「いきなり声をかけたりして失礼いたしました。雑誌で何度もお顔を拝見していたので、つい。……ヴァレンティノ・アマティといいます」

彼が名刺を出さなかったことに私は気づく。この会社の社員なら宣伝も兼ねて名刺を出して自己紹介をするだろうから……彼は会場につめかけている記者の一人かもしれない。

「ヨシト・シジョウです。……私に何か？　サインでもしましょうか？」

私は、雑誌に載っていた自分のキャッチフレーズを思い出しながら、皮肉を込めて言う。

「悪魔のようだとは何度も書かれています。同じような記事を書くつもりならお断りですよ」

彼はその笑みを深くして、ふいに私の耳に口を近づける。

「あなたがフェリーニ社を次のM&Aのターゲットにしているという噂をお聞きしました」

囁《ささや》かれた言葉に、私は思わず眉を寄せる。身を起こした彼の唇にまだ笑みが残っていたことに、苛立《いらだ》ちを覚える。

「私はただ、フェリーニ社の新車に興味があっただけです。フェリーニ社の製品なら十台ほど所有していますし、フェリーニ社に所属するレーシングチーム『スクーデリア・フェリーニ』のファンでもあります。F1グランプリの時期には世界中を回って応援していますよ」

「なるほどね」

意味ありげな口調と、心の奥まで見透かされそうな視線。ファンではなくてただの市場調査だろうと言われた気がして、私は思わず眉を寄せる。彼は笑みを深くして、

「そんなに警戒しないでください。……私は、あなたのお役に立てると思いますよ」

自信に満ちた言葉に、さらに苛立ちを覚える。だが、ここで感情を露《あら》わにしてしまったら

相手の思うつぼだ。

「安売りディーラーにお知り合いでも？　別に割引してもらおうとは思っていませんが」

「残念ながらそういう知り合いはいませんが、フェリーニ社のＣＥＯならご紹介できます」

あっさりと言われたその言葉に、私は驚いてしまう。

……たしかにプレスなら顔が広いのは当然だろうが……まさか、こんなところにそんな幸運が転がっているなんて。

今すぐに彼の襟首を摑《つか》んで、「さっさと紹介しろ」と怒鳴りたいくらいだったが……私は必死でその気持ちを抑えつける。

……焦るな。大物釣りは始まったばかり。最初に警戒されたら元も子もない。

「ＣＥＯというのは、フェリーニ一族の末裔《まつえい》であるマリオ・フェリーニ氏のことですね。彼の経営哲学にはとても興味があります。ぜひ一度、お話ししてみたいと思っていました」

私の言葉に、彼は満足げに微笑む。微笑んだ彼はグラビアのように麗しいが……彼の青い瞳は完全に冷静なままで私を見下ろしていた。

……口調の丁寧さと物腰の柔らかさに反して、一筋縄ではいかなそうな男だ。ただの記者ではないかもしれない。

ＣＥＯというのはほとんど肩書きだけで、フェリーニ氏はすでに引退していると言っていい。現役時代も伝説の人と呼ばれていた彼に繋《つな》がる人はもともととても少なく、現在では彼とコンタクトを取れる人間はほぼ皆無だと思っていた。

……一介の記者が連絡を取れるような人ではない。この男、ただの記者ではないのか？　それともその言葉はただのでまかせか？　だが……もしもそれが本当なら……。

私はできるだけさりげない口調で、

「よかったら、紹介していただけませんか？」

言った時、マスコミに取り巻かれた一人の男が会場を横切ってくるのが見えた。彼はこのフェリーニ社の現在の取締役社長、ジム・エリントン。フェリーニ氏の姪《めい》の結婚相手だ。姪の口ぞえでフェリーニに入社してからその社交性を駆使して社内で勢力を伸ばし、技術畑の出身で研究者肌だったフェリーニ氏から実権を奪ってCEOという名の閑職に追いやった張本人だ。

派手な色の金髪と青みがかった灰色の瞳をしたモデルのように見栄えのする男だが。まったく品がない。パーティーで何度か言葉を交わしたが、やけにねちっこい目で見られて閉口した覚えがある。物陰に連れ込まれて「あなたのような綺麗《きれい》な人なら、男性でもかまいませんよ」と囁かれたことまである。まるで「あなたはゲイなんでしょう？　わかってるんですよ」とでも言いたげだった目つきはかなりのトラウマだ。

……こっそりと情報収集をしようと思っていたのに、あいつと顔をあわせてしまったら元の木阿弥《もくあみ》。しかも不愉快な思いをしそうな予感がする。

もともとマイノリティーに対する偏見は皆無だったが、可愛い弟の隼人を男に取られてから、すっかりゲイが嫌いになった。もちろん隼人のことは今まで以上に可愛いと思っているが……隼人を口説き落とした相手の男を恨む気持ちが私をゲイ嫌いにさせたのだろう。差別をする気はもちろんないし、逆恨みだと解ってはいるが、腹立たしいことには変わりない。

「失礼。こんなところでする話題ではありませんね。場所を変えましょう」

私は言って、あのいやらしい男――エリントンに気づかれないようにさりげなく踵《きびす》を返す。

腕時計を見下ろして、

「三時か。半端な時間だな、夕食には早い。……ホテルのカフェでも？」

私が言うと、彼は私と並んで歩きだしながら、

「この展示会のために世界中から関係者がつめかけています。誰かの耳がありそうな場所で話すのは気が進みませんね」

彼は言い、私を見下ろして、

「私の部屋にいらっしゃいますか？　トレステヴェレ……テヴェレ川の向こう側なので、ここからだと車で二十分ほどかかってしまいますが」

彼の言葉に、私は少し考える。海外出張の時、私には心配性の両親からつけられたＳＰが常に同行している。他人のホテルの部屋になど入ってしまえば、セキュリティーが行き届かずに彼らに面倒をかけることになる。

「それなら私の部屋にどうぞ。ヴェネト通りなので十分で到着する。すぐに車を呼びます」

私は言い、内ポケットから携帯電話を出す。彼に一言断ってから少し離れ、会場の出口近くの柱に寄りかかってSPの携帯電話の短縮ナンバーを押す。さりげなく目をやると、近くの柱の前にいるごつい男が、携帯電話を取り出すのが見える。彼の名前は尾沢《おざわ》。すぐ近くにいるもう一人は加藤《かとう》。海外でVIPを警護していた経験もあるエキスパートの二人だ。

『……はい、尾沢です』

「由人だ。もうすぐここを出る。仕事関係のゲストと一緒にホテルに戻る。大事な打ち合わせがあるので部屋の中まで同行しなくていい」

『了解しました。リムジンを呼びます。我々はセダンで追いかけ、ホテルでは部屋の外で待機しています。部屋の中で何か危険がありましたら、すぐに警報を』

いつものごとく無感情な声で言うが、その奥に微かに心配そうな響きがある。心配性の祖父が私に持たせた大音量の警報装置を思い出して私はため息をつく。

「私は女性ではない。危険などあるわけがないだろう？」

言うが、彼はそうだったとは言わずに黙ったまま。心配だ、と言いたいのだろう。

……まったく、祖父の教育が行き届いたSPは本当に堅苦しい。

「わかった。何かあったら鳴らす。すぐに私を助けに来てくれ。頼りにしている」

わざと大げさに言って電話を切る。鏡越しに目をやると、尾沢が呆然とした顔で携帯電話を握り締めているのが見える。

……いいからさっさと仕事をしろ。

私は思いながら携帯電話のフリップを閉じ、内ポケットに落とし込みながら人ごみの中を横切ってアマティと名乗ったあの男に近寄る……が、エントランスからどやどやと入ってきたプレスの連中にぶつかられ、思わずよろけてしまう。

「大丈夫ですか？」

駆け寄ってきた彼が、私の腰に腕を回して支える。女性にでもするようなその仕草に、からかわれた気がしてイラッとくる。

「なんでもありません。少し押されただけです」

私は彼の手を振り払って言い……それから彼がフェリーニ氏につながる大事な人材であることを思い出す。

……こんなくだらないことでムカついている場合ではなかった。

私は内心小さくため息をつき、それから彼を見上げて無理やり微笑む。

「車を呼びました。私の部屋で続きを話しましょう」

彼はなぜか私を見つめ、それからゆっくりと唇に笑みを浮かべる。

「喜んで」

答えた声がやけにセクシーで、私はドキリとする。

……なにをドキドキしている？　相手は男だぞ？

私は思うが……彼の不思議な笑みは見とれるほど美しく、私はさらなる怒りを覚える。

……ハンサムな男など、大嫌いだ！

ヴァレンティノ・アマティ

……なんて色っぽい後ろ姿だろう。

私は、先を歩く彼に見とれながら思う。

会場を出た私達は車寄せに待機していた彼のリムジンに乗り込み、彼が宿泊しているホテルに移動した。ほとんど見ず知らずと言っていい私をあっさりと自分のリムジンに乗せたことに少し驚いたが、すぐ後ろを黒塗りのセダンがぴったりと追ってくるのを見て心の中で苦笑した。あのセダンにはごつい身体のSPが乗り込んでいるに違いない。彼もまた、自由のきかない身というわけだ。

彼が泊まっていたのはローマの中でも指折りの高級ホテル、レジーナ・ホテル・マルゲリータのVIPフロアだった。特別な客のためだけに用意された場所で、一フロアに一室しか客室がない。専用エレベーターを降りるとホールには重厚なチーク材のカウンターがあり、そこには高齢のコンシェルジェと大柄なスタッフが二名立っていた。三人とも黒いお仕着せだが、大柄な方は警備員も兼ねている。用心のために武装しているはずだ。手元の書類から目を上げたコンシェルジェが、私を見て驚いた顔をする。実はここは祖父の定宿で、私も学生時代から何度も宿泊していて、彼にも世話になっている。

コンシェルジェは私を見て懐かしそうに微笑み、口を開きかける。私は手を上げ、人差し指を口の前に立てて見せる。彼は、心得ました、という顔で小さくうなずく。それから由人に目を移し、にっこりと笑う。

「おかえりなさいませ、ミスター・シジョウ」

言って、ほかの二人とぴったりとあったスピードで優雅に深く礼をする。

「仕事の打ち合わせだ。私宛に電話があってもつながないでくれ」

いかにも使用人を使い慣れている様子の由人は、そう言いながら三人の前を通り過ぎる。私が通り過ぎながらちらりと微笑むと、彼はいたずらっぽい顔で微笑み返してくれる。

「かしこまりました」

部屋の入り口は、精緻《せいち》な彫刻の施された大きな二枚扉。いかにもクラシカルな様子だが、警備は最新式だ。由人がポケットからカードキーを出して壁に目立たないように設置された読み取り機に差し込む。ランプが青に変わり、ロックが解除される重い音が響く。素早く歩み寄ってきた警備の二人が、重いドアを両側に押し開く。

「ありがとう」

彼は言ってドアをくぐり、部屋に入っていく。顔見知りの二人にも微笑んでやってから、私は彼の後について部屋に入った。背後でドアが閉まる音がして、年甲斐《としがい》もなく鼓動が速くなる。

私がここに来るのは三年ぶり。クラシカルな内装は変わっておらず、懐かしい気がする。

ワンフロアを貸しきっているだけあって、ドアのこちら側にはかなりの面積がある。大人数のパーティーが開ける広大なリビングのほかに、家族用のダイニング、客用のダイニング、七部屋のベッドルームがある。それらは長く続く廊下の先、立派な両開きの扉の向こうにある。私と彼が歩いている廊下の両側にはドアが並んでいるが、それらは旅に同行した家令や執事やメイド達のためのもの。祖父と一緒に宿泊する時には屋敷の使用人達が大人数でついてくるので、まるで屋敷にいるかのように賑《にぎ》やかだ。だが……。

「静かですね。使用人は同行していないのですか？」

私が聞くと、彼は振り返らないままで肩をすくめ、

「子供じゃあるまいし、出張の時についてくるのはいつも女性秘書が一人だけです。今日は都合で彼女も連れていませんが。……会社の命令で、ローマではいつもここに泊まりますが、はっきり言って無駄です。父が勝手にポケットマネーで支払ってくれるので抵抗できませんが、会社の経費だったらとっくに安宿に移っています」

「リムジンの運転手やSP達も、あなたの使用人でしょう。彼らは別のフロアに泊まらせるのですか？」

私が聞くと、彼は少し驚いたように眉を上げて、

「後ろのセダンにSP達が乗っていることに気づいていたのですか？　できるだけ目立たないようにと言っているんですが」

「私は仕事柄、VIPに同行するのに慣れています。後ろを追ってくるミラーガラスのセダンがあれば、当然SPだと思います」

「VIPに同行……そろそろあなたの仕事を教えてもらっても？」

いぶかしげな顔で言われて、私は思わず微笑んでしまう。

「そんなに私に興味がおありですか？」

言うと、彼の形のいい眉が、キュッと不愉快そうに寄せられる。自分ではクールなポーカーフェイスのつもりのようだが、よく見ていると彼はとても表情豊かだ。

……こんな綺麗な顔をしているくせに、やけに可愛いんだな。

私は思ってしまい、自分で自分に驚く。

……相手は男だぞ。どうして可愛いなどと思うのだろう？

「あなた本人には興味などありません。さっきの質問への答えですが……」

彼は憤然とした表情で顔をそらし、ビジネスライクな口調で言いながら歩みを速める。

「SPや運転手達は、私のポケットマネーで別のフロアに泊まらせています。彼らにも休息が必要だ。雇い主といつも一緒では気づまりなはずです。……たまには一人でゆっくりした

いだろうし」

彼の声に複雑な響きが混ざったことに気づいて、なぜか胸がチクリと痛む。

……彼は大富豪の子息であり、司条グループの重要人物だ。家では使用人にかしずかれ、会社では部下達に取り囲まれているだろう。彼の方こそ、一人になりたい時があるのだろう。私は思いながら、優雅に歩く彼の後ろ姿にまた目をやる。

艶のある黒髪、そしてすんなりした首から肩にかけてのラインは優雅で本当に美しい。ごつさはないが女性のそれとも違う、凜々しく張った肩。日本人離れした高い位置の腰、すらりと伸びた脚。

ウエストが驚くほど細く、思わず抱き寄せたくなる。隙のない歩みは猫科の獣のようだ。バーにいた男どもが、残らず彼を振り返っていた理由がよく解る。彼は並外れて美しいだけでなく……一目見るだけで理性がかすむような、不思議な色気を放っているのだ。

彼は、まさに神に選ばれた人間。日本国内だけでなく世界にも名をとどろかせた大富豪、司条一族の次期当主に相応しいだろう。祖父の計らいもあって、私はプライベートでもビジネスでも数々の世界的なＶＩＰに会ってきた、だが、彼ほどオーラを放つ人間には今まで会ったことがない。

私達は長い廊下を抜け、正面の両開きのドアの前に立つ。彼は両手でドアを押して開こうとするが……簡単には動かなかったようで小さく呻《うめ》く。そのドアが見た目重視のアンティークでとんでもなく重いことを思い出して、私は彼の脇をすり抜ける。

「重そうですね。私が」

言いながらドアを押し開く。間接照明に照らされた廊下とは違い、正面に切られた巨大な窓から午後の日差しが差し込むリビングはとても明るい。眩《まぶ》しさに目を細めながらドアを開いたままの形に固定し、それから振り返る。彼は、なぜかとても怒った顔で私を睨《にら》んでいた。

「何か失礼なことをしてしまったでしょうか？」

聞くと、彼は短いため息をついて私から目をそらす。

「あなたが逞《たくま》しいことは認めます。ですが私も男だ。女性扱いしないでいただけますか？」

吐き捨てるように言って私のすぐ脇を擦り抜け、部屋に入っていく。

彼が通り過ぎた瞬間、ふわりと風が動いて甘い香りが私の鼻腔をくすぐった。目が覚めるような爽やかなライム、そこに金色のハチミツをたっぷりと垂らしたような……クールだが、とても濃厚で甘く、気が遠くなりそうなほど色っぽい芳香だ。

……彼は、人並みはずれて麗しいだけでなく、こんなにいい香りがするのか。

彼の靴が大理石の床を踏む硬い音が、高い天井に響く。私の存在など忘れたかのようにリビングに入っていく彼の姿を、陶然としながら見つめる。

彼がすぐ近くを通った時、首筋の肌を間近に見ることができた。それは磁器のように滑らかで真珠のように艶があり……欧米人にはないその透明感に、私は一瞬眩暈《めまい》を覚えた。

……あのスタイル、そしてあの肌。彼は、どんなに美しい身体をしているだろう？

私の中に、ふいに驚くほどの熱い感情が湧《わ》き上がる。

……完璧な形に締められたあのネクタイを乱暴に解《ほど》き、皺一つないワイシャツを引き裂いてしまったら、彼はどんな顔をするだろう……？

私は思い……それから心の中で苦笑する。

……いくら美しいとはいえ彼は男。しかもビジネスの相手じゃないか。

「ここなら、ほかの人間の目も耳もありません」

私が言うと、彼はその場に立ち止まってゆっくりと振り返る。

「そろそろ、先ほどの話の続きをしませんか？」

私の言葉に彼はうなずき、私を真っ直ぐに見つめる。

「そうですね。……まずは座りましょう。どうぞ」

窓に近い場所に向かい合うソファセットを、彼は示す。私がソファの一つに座ると、彼は少し緊張した顔で私の正面に腰を下ろす。

「では、率直に言います」

覚悟を決めるかのようにいったん言葉を切り、それから一気に言う。

「フェリーニ社のＣＥＯ、マリオ・フェリーニ氏を紹介していただきたい。あなたにはそれが可能ですか？」

「可能です」

私が言うと、彼は大きく目を見開く。それから、

「それなら、ぜひ……」

「もちろん、簡単にはいきませんが」

私が言うと、彼は当惑した顔で私を見つめたまま黙る。私が少しは信用できる人間なのか、それともただの口先だけのペテン師なのかを心の中で計っているのだろう。

「どうすればいいですか？　報酬が必要？　この件はまだ私の一存で動いているだけですし、私は単なる一社員なのでできることは限られているのですが」

彼は探るような口調で言う。その目にあからさまな不審の色が浮かんでいるのを見て、怒るよりも可笑《おか》しくなる。

……今までの私の経験から言って、日本人はあまりにも簡単に相手を信用しすぎる。彼くらい疑り深い方が、海外との交渉役には相応しいだろう。

「雑誌で記事を読んだ時から、あなたのビジネスの仕方に興味がありました。何か協力できることはないかと思い、個人的に協力を申し出ただけ。法外な報酬など要求しませんよ」

言うと、彼はホッとしたように小さく息を吐く。

……いや、最後まで相手の要求を聞かずにここでホッとしてしまうところが、彼はまだまだ甘い。

私は、彼の麗しい美貌《びぼう》を見つめながら思う。

……まあ、それもまた魅力的だが。

私は思い、そして自分の鼓動が速くなっていることに気づく。

……ああ、ビジネスがこんなに楽しいと思ったのは、とても久しぶりかもしれない。

司条由人

彼の、法外な報酬など要求しないという言葉に、私は思わずホッとため息をつく。

……もちろん、会ったばかりのこの男を信用などできるわけがない。だが、彼の態度や物腰には、下品なところが少しもない。

私はビジネスにおいてはまだまだ若輩者といえるが、一つだけ自信があることがある。それは、金に目が眩んだ人間を見抜く眼力。そういう人間は、自分の利益のためならあっという間に人を裏切るし、ほんの少しの金のために簡単に堕落する。対等なビジネスパートナーになることはまず不可能だし、必要以上に関われば莫大な時間と労力が無駄になる。

ビジネスにはたしかに金が関わるが、それは実力を示す単位でしかないと私は思っている。ビジネスとは、自分の能力と実行力と情報力を駆使し、厳密なルールに乗っ取って戦うゲームのようなものであるべきだ。

フェアなビジネスのできない人間には、オーラがない。煤《すす》けた黒い煙のようなものを身体にまとわりつかせ、その目は暗い光を帯び、笑みはおどおどと媚《こ》びている。だが……。

私は、目の前にいる男を見つめたままで思う。

……この男を包んでいるのは炎のような金色のオーラ。こんな王のようなオーラを持つ人間に、薄汚い真似ができるわけがない。

「私は、あなた個人が支払える範囲のものしか要求しません。もちろん、無理なら断っていただいてもけっこうです」

ヴァレンティノが、私を真っ直ぐに見つめたままで言う。その最高級のサファイヤのようなブルーの瞳は澄み切っていて、彼の正義感を示すように煌めく光を宿している。

そして、部屋のひんやりとした空気の中に、さっきからとても芳《かぐわ》しい香りが漂っている。

南イタリアの風景を思い出すような若々しいオレンジ、その次に香ったのは爽やかなグリーン、そしてその後に残るセクシーなムスク。

それが香ったのは、彼が動いたほんの一瞬だけ。完璧な容姿の男は、コロンのつけ方も完璧なようだ。

……悔しいが、とんでもなくいい香りだ。

私は目の前のあまりにも麗しすぎる男を見つめ、迷いを感じる。

……この男の言うことに嘘はないのだろうか？　私は彼を信頼してもいい？

私はついそう思いそうになるが……それはあまりにも性急だと思い直す。

……だいいち、彼とマリオ・フェリーニの関係すら、まだ解らないじゃないか。

「大変失礼ですが」

私は彼の反応を見ながら言葉を口にする。

「孤高の人といわれたマリオ・フェリーニ氏との密接なつながりを持った人間が、そういるとは思えないのです。彼と同年代の人間ならともかく、あなたはどう見ても二十代です。私は、あなたの言葉を信頼していいのでしょうか？」

本当なら怒りをあらわにされてもおかしくないと思ったが……彼は、その形のいい唇に微かな笑みを浮かべて、

「お疑いなのもうなずけます。とりあえず、私の言葉がでまかせでない証拠をお見せします」

彼は言い、内ポケットからスマートフォンを取り出す。指先で液晶画面に触れて操作し、私の方にそれを差し出す。

「場所は明かせませんが、フェリーニ氏の私邸です。先週お邪魔した時に撮ったものです」

液晶画面には、広々とした庭とそこに出されたガーデンテーブル、そしてそこに座る一人の老人が映っていた。その顔は、たしかにフェリーニ氏。経済誌でよく見ていたプロフィール写真よりも少し年をとったようだが、矍鑠《かくしゃく》とした様子だ。綿のシャツにアーガイルのセーターを羽織り、膝にはふわふわとした毛並みの白くて大きな猫を抱いている。猫をあやすように笑う彼は、伝説のビジネスマンというよりは一人の温和な老人に見えた。

私は、ガーデンテーブルの上にワインの瓶《びん》が置かれていることに気づく。ラベルには今年

の年号が印刷されている。有名な銘柄のボージョレー・ヌーヴォーだ。

「自動車業界の神といわれたフェリーニ氏のこんな顔を初めて見ました。雑誌社に持っていったらいい値がつきそうだ」

言いながらスマートフォンを返すと、彼はクスリと笑ってそれを受け取る。

「フェリーニ氏の業界に対する影響力は未だに大きい。逆らうような命知らずなことはできればしたくありません」

平然とした声で言いながら電源を切り、それをポケットに戻す。

……やはり、この男はただものではないのだろう。本当に、何者なんだ？

私は彼の様子を見つめながら思う。非の打ち所のないほど完璧に整った顔立ち。艶のある黒髪。よく見るととても高貴な雰囲気の男なのだが、その瞳に浮かぶ光はやけに強く、その形のいい唇に浮かぶ笑みはなぜかとても意地が悪そうに見える。

とても有能そうで、だが努めて控えめにしていて、だが一筋縄ではいかない雰囲気。私の身近にもいる人間の特徴を備えている。

「もしかして……あなたは誰かの秘書？」

私が思わず言うと、彼は苦笑して、

「詮索《せんさく》好きな方だ。とりあえずイエスと言っておきます。誰の元で働いているかは、今は言わないでおきますが」

……もしかして、フェリーニ氏の専属秘書か？　だとしたら彼の代行としてあの展示会にも参加できるし、彼ととても親しいのもうなずける。

……だとしたら……私はなんてラッキーなんだろう？

胸の奥に勝利の予感がじわりと湧き上がる。もちろん最初の一歩も踏み出していないのだが、フェリーニ氏とのつながりを見つけ出した私がラッキーなことは本当だ。

「疑って申し訳ありませんでした」

私はとりあえず彼を味方につけるべく、素直に謝ってみる。もちろん、私の思い通りに動いてくれない場合は反撃するつもりだが。

「私はフェリーニ氏とお会いして、腹を割って話がしたい。ご面倒をおかけして申し訳ないのですが、その機会をセッティングしていただけませんか？」

簡単に「イエス」と言ってくれるとは思わなかったが、案の定、彼はその瞳の奥に可笑しそうな色を浮かべて私を見つめる。

「一応CEOという地位にはありますが、フェリーニ氏はすでに隠居状態と言ってもいい。彼とのアポイントメントは容易なことではありません。しかし、ある条件を飲んでいただければ手を尽くしましょう」

……この男の要求は、きっと金ではない。

私は、彼の目を見つめ返しながら思う。

……何を要求する気だろう？

「私にできることかどうか、とりあえず聞かせてください。報酬だとしたら……」

彼は端麗な顔に笑みを浮かべて言う。

「私は金では動きません」

「では、何をお望みですか？」

私が聞くと、彼はふいに笑みを浮かべる。

「私は、何か一つの秀でた才能を持った人間が大好きなんです。頭がよく、美しく、しかも気高いあなたは本当に理想だ。可能なら、あなたをどこかに閉じ込めてコレクションしたい」

「……は……？」

私は、彼の言葉の意味が解らずに呆然とする。それからからかわれたのだという結論に達して怒りを覚える。わざとにっこりと笑ってやりながら、

「楽しい方だな。ですが冗談など時間の無駄です。……率直に要求をどうぞ」

「冗談ではありません」

彼はふいにその顔から笑みを消して言う。

「コレクションしたいと思ったのは本心です。でもあなたも多忙な方だ。そうはいかないでしょうから……何か、特別な記念の品をいただきたい」

「記念の品？」

私は思わず眉をひそめてしまいながら言う。この男の言いたいことが、まったく伝わってこない。

「ええと……別にかまいませんが……何か目に留まったものでも？」

今、自分が身につけているものを思い出しながら言う。今日してきた時計はオーデマ・ピゲで、八百万円。カフリンクスはプラチナで、パリのショーメで揃えたもの。プラチナにスクエアカットのエメラルドをはめ込んだもの。たしか二百万円程度だったと思う。タイタックもそれに合わせたセットでこちらは七十万円くらいだったか。たしかに高額だが、どれも厳選したものなので、もしも欲しいと思ってくれたのだとしたら目が高いと褒めてやりたい。

「ピゲの時計もショーメのカフリンクスもとても素敵ですが、あなたであればこそ似合うものです。欲しいのはそれではありません」

ブランドをあっさり見抜かれたことに一瞬驚くが……それどころではない。

……あとはなんだ？　スーツとネクタイはロンドン、靴はミラノでオーダーしたものだが、私よりも長身で逞しいこの男にサイズが合うとはとても思えないし……。

私は、自分の身体を見下ろしながら考える。

……ほかに、いったい何があるんだ？

「私は追いはぎではありません。あなたから身ぐるみ剝《は》ごうとは思っていませんよ」

彼がクスリと笑いながら言う。私はムッとしながら、

「やはり私をからかっているんですね。私はそういう冗談には慣れていないんですが……」

言いかけて、彼がいきなり立ち上がったことに驚く。

「どうしたんですか？」

「あなたは、一番大切なものを忘れています」

彼は言いながらローテーブルを回り込んで近づいてくる。

「あなたが今お持ちのものの中で、一番美しくて、一番貴重なものですよ」

「えっ？」

私はほかに何か身につけてきただろうかと思いながら、自分の身体を見下ろし……。

「失礼」

私の顎《あご》が、彼の指先ですくい上げられる。驚いている間に彼の顔が近づいて……。

「……ん……っ」

彼の唇が、私の唇に重なってくる。私はいったい何が起きたのか解らずに呆然とし……それからやっとキスをされていることに気づく。

……この私が、キス？　初対面の男と……？

状況が理解できずにいる間に、彼の唇がゆっくりと離れる。彼は間近に私を見下ろして、

「抵抗しないんですね。嫌ではないという意味ですか？」

言いながらごく自然な仕草で私の隣に座る。そしてその一瞬後……。

「……あっ！」

両肩を掴まれ、そのままソファの上に押し倒される。彼がのしかかるようにして覆いかぶさってきて……。

「……んん……っ」

クールで男っぽい見かけによらず、彼の唇は柔らかく、とても熱かった。チュッ、チュッという微かな音を立てながら、角度を変えて何度も唇が重なってくる。

「……ん、んん……」

私の唇から、くぐもった声が漏れた。それがやけに甘くて……私は自分で驚いてしまう。

「色っぽい声だ」

キスの合間に、彼が囁く。

「そんな声を出されたら、止まらなくなってしまう」

どうして男とキスなんかしなくちゃいけない、なんとか逃げなくては、と思うが……両肩を上から縫い留められて、逃げるどころか身体をわずかに動かすこともできない。

「……やめてくださ……あ、ん……っ」

必死でキスから逃れようと言うが……言葉の途中で唇をふさがれてしまう。しかも、「あ」行の発音のために、上下の歯列が開いていた。そこに、彼の舌が滑り込んでくる。

「……う、うう……」

濡《ぬ》れて熱い舌が、私の口腔の中で我が物顔に暴れまわる。上顎をくすぐって私を震えさせ、舌を根元からすくい上げて嬲《なぶ》るように舐《な》め上げる。

「……ん、うう……っ！」

飲みきれなかった唾液《だえき》が、私の唇の端からゆっくりと溢《あふ》れて肌を伝う。そのくすぐったさまでが、身体の奥で快感に変わる。

……快感……？

私はそのことに気づいて、愕然とする。

……なぜ、男とのキスに感じているんだ、私は？

彼の舌がゆっくりと出て行った瞬間、私は必死でかぶりを振り、彼の唇をもぎ離す。身体を起こして逃げようとするが……さらに強く両肩を上から押さえつけられて、動くことすらできなくなる。

「まだじゅうぶんではありません。逃げようとしても煽《あお》るだけですよ」

下から見上げる彼の美貌は、なぜかやけに野性的に見える。私がたじろいだ隙に彼の顔がまた下りてきて、私の唇を激しく奪う。

「……ん、んん……っ！」

噛《か》み付くように何度も重なり、酸素を求めてほんの少し口を開いた瞬間に、上下の歯列の間からまた舌を深く滑り込ませてくる。

「……う……う……っ！」

彼の舌は、必死に逃げる私の舌を追い詰める。さっきよりもさらに獰猛《どうもう》になったそのキスに、目の前が白くなる。

……どうしよう？　抵抗できない……。

彼のキスがあまりにも淫《みだ》らで、硬直していた私の舌がふわりと柔らかくなる。私の気持ちを読んだかのように彼の舌が私の舌を舐めてくる。驚いたことに、私の舌は勝手に同じことを返してしまい……。

……ああ、どうしてこんなふうに……？

女性相手なら、もちろん何度もキスをしたことがある。女性達から「キスが上手」と何度も言われた。だが、この男のような激しいキスを、私は今まで一度もしたことがなかった。

……もしかしたら、女性達の言葉はただのお世辞？

「……あ……っ」

彼の腕が背中の下に入り込み、身体がふいに強く抱き締められる。まるで愛《いと》おしい恋人にでもするかのような仕草に、理性が飛んでしまう。

……ああ、彼は誰にでもこんな情熱的なキスをするのだろうか？　私を女性代わりにして感じるかどうか実験しているのか……？

そう思ったらやけに悔しくなって、自分のテクニックを試さずにいられなくなる。私は彼の舌をゆっくりと吸い上げ、それをキュッと甘噛みしてやる。彼は少し驚いたように小さく息を呑《の》み、それから負けじと私の舌を噛んでくる。

「……んん……っ！」

彼の甘噛みの加減は絶妙で、微かな痛みと圧倒的な快感が入り混じってたまらなかった。私の両脚の間に、熱いものがジワリと湧き上がる。

「……ん、んん……っ」

私は理性を飛ばしてしまいながら、彼の舌を舐め上げる。そのまま二人の舌が淫らに絡み合い、濡れた水音が響く。私はもうすべてを忘れ、キスの快感に酔いしれ……。

「……あ……」

彼がやっと私の唇を解放し、私の上から身を起こした時、私の呼吸は弾み、鼓動は速く……それだけでなく、両脚の間で屹立《きつりつ》がしっかりと存在を主張していた。

……ああ、何をやっているんだ、私は……？

私は泣いてしまいたいような気分で手を伸ばし、めくれていた上着の裾《すそ》をそっと直す。屹立は下着とスラックスを痛いほどに押し上げて、ほんの少し見下ろされたら勃起していることがバレてしまっただろう。

「あなたのキスはとてもいい」

彼が、ソファから立ち上がりながら言う。

「気に入りました」

さっきまでの野獣のような獰猛さが嘘のような紳士的な口調に、なぜか怒りが湧き上がる。

……こんなふうに反応してしまったのは、私だけということか。やはり悔しいぞ。

「あ、あなたのキスも……」

私は負けじと彼に言い返す。声がかすれて震えているところが、とても情けないが。

「……まあ、下手ではないかな？」

彼はクスリと笑い、それからふいに恭《うやうや》しく礼をする。

「ありがとうございます。記念の品はいただきました。フェリーニ氏とのミーティングをセッティングしましょう」

「本当でしょうね？」

私は思わず言ってしまうが……彼はその問いには答えず、はぐらかすようににっこり笑う。

「おやすみなさい。いい夜を」

それだけを言い、そのまま部屋を出て行ってしまう。

呆然としている間に、遠くで、部屋のドアが閉まる音がする。無駄だと思いつつ開放感が気に入っていたはずの部屋が、やけに空虚に感じられる。

「……あ……」

ふいに、あの男のキスの感触が蘇る。あの男の唇が私の唇を包み込み、愛撫《あいぶ》するように舌を吸い上げた。クールなイメージにそぐわない熱い舌が、私の口腔を探り、やけにセクシーに舌を舐め上げて……。

ふいに、心臓が壊れそうなほど鼓動が速くなる。頬にカアッと血の気《け》が上るのを感じる。

『……あなたのキスはとてもいい。気に入りました』

あたたかな息、絡み合う舌の感触がとても淫らで、気が遠くなりそうだった。

キスだけで勃起していた私の屹立が、まだ硬さを保ったまま、ツキンと痛む。

……まったく、どうしたというんだ、私は？

ヴァレンティノ・アマティ

私がホテルのロビーから車寄せに出た時、ローマは夕暮れの光に包まれていた。彼とのキスに意外なほど熱中してしまったことに気づいて、私は小さく苦笑する。

彼が対抗意識を燃やして挑発するような真似をするから、なかなか引くことができなかった。彼の唇は蕩《とろ》けそうに柔らかく、その舌は甘く、私は彼とのキスに本気で溺《おぼ》れた。途中で彼が舌を絡めてきたことに驚いたが……彼は夢中になっているのではなくてどうやら私に押さえつけられて女性扱いされたことが悔しかったようだ。彼の舌の動きはまだまだぎこちなく、しかしそれが逆に淫らで……私は驚くほどに興奮した。

……あんなクールな顔をして、とんでもない逸材だ。

車寄せを歩く私のところに、顔見知りのベルボーイ長が近づいてくる。

「こんにちは、シニョール・アマティ。車をお呼びしましょうか？」

「いや、迎えが来ているはずなので大丈夫だ。ありがとう、スミス」

言うと彼はにっこりと微笑んでくれる。

「いい夜をどうぞ」

「ありがとう。君もいい夜を」

私は彼に微笑み返し、車寄せの端まで歩く。近くで待機していたらしい黒いリムジンが後ろから滑るように近づいてくる。後ろにはいつものように黒のミラーガラスのセダン。リムジンにぴったりとついて来て影のように停車する。

リムジンのドアが開いて、運転席からお仕着せを着た運転手が降りてくる。

「待たせてすまなかったね」

私が言うと、ベテラン運転手の老ザネッティはにっこりと笑みを浮かべて、

「いいえ。……ビジネスは順調でしたか？　ヴァレンティノ様」

「もちろん、いつものとおり」

私は答え、彼が開けてくれたドアからリムジンの座席に滑り込む。

由人は気づかなかったようだが、彼のリムジンとSPのセダンの後ろから、私のリムジンとセダンがずっとついてきていた。ビジネス街や高級ホテルの前ではリムジンが珍しくないローマでしかできない芸当だが、わざわざ居場所を連絡する手間が省けてとても助かる。

「お部屋に戻られますか？　それともどこかのバーでお酒でも？」

運転席に乗り込んできたザネッティが、開けたままの仕切りの向こうから言う。私は、

「とてもいいことがあったんだ。この余韻を忘れないまま部屋に戻りたい」

私が言うと彼は微笑んで、

「かしこまりました。ではできるだけ急いで戻りましょう」

言って、エンジンをかける。リムジンがゆっくりと滑り出し、私は背もたれに背中を預けてため息をつく。

……ああ、誰かとのキスで、こんなふうに幸福になれるなんて。

私は彼と接近でき、さらに首尾よく彼を捕まえられた幸運に心の中で感謝する。

……とても麗しいとは思ったけれど、まさかあんなに魅力的だとは思わなかった。仕事のパートナーに相応しいというだけでなく、もっともっと近づいてしまいたい。

もともと私は報酬をもらうつもりなどさらさらなかった。だがどうしても我慢できず、報酬にキスをしてくれと言ってしまった。

……あんな逸材を、突然に見つけてしまうなんて。

実際に会った彼は、写真で見るよりもさらに麗しく、さらに高貴に見えた。しかも近づけば芳しい香りがして、可愛らしい内面と柔らかい唇をしていて……私にとっては何もかもが心地よかった。

……しかも、感じていたな。

私は思い出して、微笑ましい気持ちになる。

彼は隠せたと思ったのだろうが……折り重なっている時から、私はずっと気づいていた。

彼はキスをしながら中心を勃起させてしまっていた。

私は今まで男と付き合ったことなどないし、自分がゲイだと思ったことも一度もない。だが、腿《もも》に微かに触れた彼の硬い屹立の感触に……不思議なほど興奮した。そして快楽を隠せない素直な身体の彼がとても愛おしく思えた。

「今夜は本当にお幸せそうです」

老ザネッティの言葉に、私は思わず微笑んでしまう。

「とても素晴らしい人に出会った。可能ならその人を自分のものにしたいくらいだ」

私の言葉に、ザネッティは少し驚いたように、

「もしかして、運命の相手とでも巡り合いましたか？　それは素敵だ。すぐにでもマリオ様にご報告しないと」

彼の言葉に私は思わず笑みを深くする。もともとザネッティは祖父の下で長年リムジンの運転手として働いていて、私も昔からの知り合いだ。祖父が屋敷からほとんど出なくなってからは、運転技術をさび付かせないため、と言いながら私の専属運転手となってくれている。仕事中はリムジンを使わないので、プライベートの時だけになるが。

「運命の相手かどうかはわからないが……そうだといいと思っている」

私が言うと、バックミラーの中の彼の目が優しい微笑を浮かべる。

「そうであるように、私もお祈りしておりますよ」

私は彼に微笑み返し、ポケットからスマートフォンを取り出す。祖父の屋敷のナンバーを表示させ、電話をかける。

『はい、フェリーニでございます』

電話に出たのは、家令の老マッシモだった。私は、

「こんばんは、マッシモ。お祖父様に用事があるのだが」

『こんばんは、ヴァレンティノ様、先ほどから、お電話をお待ちでしたよ。……少々お待ちください』

どうやらマッシモは祖父の部屋にいたらしく、すぐに受話器が受け渡される。

『ヴァレンティノか。連絡を待っていたぞ』

祖父が彼らしくなくどこか緊張した声で言う。

『相手には、無事に会えたのか？』

「はい。さきほどまで一緒でした」

『どうだった、相手の印象は？』

「個人的な印象ですが、聡明《そうめい》で信頼できる人物だと思いました。パートナーとして申し分ない相手かと」

『本当に？　それはよかった。うまくことが運びそうか？』

祖父の声に力がこもる。会社経営から遠ざかって以来、すっかり老け込んだ気がしていた

祖父のこんな声を聞くのは久しぶりかもしれない。

「まだわかりません。ですが感触は悪くないと思います。……それから、お祖父様に一つお願いがあるのですが」

『協力できることならなんでもしよう。言ってみなさい』

「相手はとても用心深い人です。正体を明かさない私のことをまだ疑っているようです。お祖父様と撮った写真を見てフェリーニ社とつながりのある人間だということだけは解ってもらいましたが……まだまだ信頼には程遠い」

私の言葉に、祖父は電話の向こうで小さく苦笑する。

『おまえの正体を明かしたら、ますます警戒されそうだし、いろいろと難しいな。……それで？　私にできることは何かな？』

「彼から、ＣＥＯであるお祖父様と面会して話がしたいと言われています。もしも体調が許すようなら、彼に直接会って、話をしてくれませんか？」

私の言葉に祖父は驚いたように、

『もうそんなところまで話が進んだのか？　もちろん喜んで会うよ。すでに隠居しているような身だから、日時は相手の都合に合わせられる。それに……』

祖父はいたずらっぽくクスリと笑って、

『会社のことですっかり意気消沈していたが、おまえの働きのおかげで元気が出た。私の身体のことなら心配しなくていい。今朝からとても調子がいいんだ』

その言葉に、私はホッとする。私が動いている理由はもちろんフェリーニ社を守るということだが……それだけではない。今までとは別人のように気力を失い、そのせいで体調も崩しがちになった祖父に、なんとか少しでも元気になって欲しかったのだ。

「私達には、あまり時間がありません。少し急ぎますが……明日の午後三時、場所はその屋敷ではいかがですか？」

『もちろんオーケーだ。シェフに腕をふるわせて最高のティータイムにしよう。まあ、接待なら慣れているから任せておいてくれ』

祖父の声には自信が漲《みなぎ》り、精力的に働いていた頃のようだ。

「私は同席しませんが、彼を屋敷まで送り届けます。不自然にならないように、使用人達に言い含めておいてください」

私が言うと、祖父は楽しそうに笑って、

『わかっている。マッシモに「ヴァレンティノお坊ちゃま」などと呼ばせないようにきっちり言っておくよ』

私は祖父に挨拶をして、電話を切る。電話をポケットにしまいながら、

「ザネッティ。君には何も秘密にできない。だから今からカミングアウトしておこうと思う」

言うと、ザネッティは少し緊張したような声で言う。

「はい、なんなりと。もちろん秘密は守ります。それがフェリーニ家の使用人の絶対的な使命だと心得ておりますので」

私は会話の中に「彼」を何度も織り交ぜていた。とても賢いザネッティは、私が言った「運命の相手」が女性ではないことに気づいているだろう。

「私が今日会ったのは、ヨシト・シジョウという日本人ビジネスマンで、あのシジョウ・グループの総帥の長男に当たる人だ。私は彼と業務提携をして、ビジネス上のパートナーになりたいと思っている」

「ビジネス上の……ですか。なるほど」

少しホッとした声になるザネッティに、私は重ねて言う。

「いや、もしかしたらそれだけではすまないかもしれない。私は、彼に運命を感じてしまった。自分がゲイだと自覚したことはないが、彼はあまりにも素晴らしすぎる。もしかしたら私は、彼のことを個人的にも好きになってしまうかもしれない」

ザネッティはほんの一瞬だけ黙り、それから静かな声で言う。

「了解いたしました。ミスター・シジョウがこのリムジンにお乗りになる時には、とても大切な方だと心に刻んで接することにいたします。……ヴァレンティノ様」

「なんだ？」

「これは、フェリーニ家に勤めてきたいち運転手の個人的な意見なのですが……」

「男同士の恋愛など不毛だ、そう言いたい？」

「いいえ、そうではありません。実は、私は恋愛というのはどんな場合でもとても素晴らしいもので、それを止める権利など誰にもないといつも思っているのです」

老ザネッティの言葉に、私は少し驚く。

「ああ……そういえば君と奥さんも熱烈な恋愛結婚だったと聞いたな」

言うとザネッティは少し照れたように笑い、それから、

「もちろん妻とのこともありますが……私は、ヴァレンティノ様のお母様のことも、そしてお父様とどんなに愛し合っていたかもよく存じ上げている人間です」

その言葉に、私は少しドキリとする。

どちらもイタリアの旧家、しかも敵対する一族の家に生まれた私の父母は、両方の親族の強硬な反対にあって結局正式に籍を入れることができなかった。父はそれに反発して生涯独身を通したが、しかし二人の逢瀬《おうせ》は秘密のうちに繰り返されていた。でなければ、私は生まれていなかったはずで……。

「もしかして、父と母の逢瀬を手伝っていたのは……」

「もちろん私です。お父様は、お母様のお住まいになっている郊外の別荘に足繁く通われていました。あんなに麗しく、しかも愛し合っている二人は今までに見たことがありませんでした。なのに……」

ザネッティは深いため息をつき、それから、

「あれ以来、私はずっと愛する二人の邪魔をする者はなんびとたりとも許されないと思っております。もちろん、ヴァレンティノ様のお相手がどんな方だろうが、私は応援させていただきますよ」

力強く言われて、私は心から彼に感謝する。

「心強いよ。君は、いつでも最高の相談相手だ」

私が言うと、彼は嬉しそうに笑う。私は由人の麗しい顔と甘いキスを思い出し……しかし彼のクールな態度も同時に思い浮かべる。

「まあ……彼はとても美しいがとてもクールな人で、口説き落とすにはかなりの根性と時間が必要になりそうなのだが」

思わずため息をつくと、ザネッティはクスリと笑って、

「それも恋の醍醐味《だいごみ》でございましょう。ヴァレンティノ様は私の話し相手をしてくださるために運転席との間の仕切り板を開けたままにしておいてくださいますが……もしもその方に愛の言葉を囁きたい時には、遠慮なく仕切りを閉めてください」

「わかった。遠慮なくそうさせてもらう。……少しだけ休む。着いたら起こしてくれ」

私は言い、そして背もたれに身体を預けて目を閉じる。

……ああ、彼が私だけのものになったら、どんなに素晴らしいだろう？

司条由人

……あの男は、結局、一切具体的な話をしなかった。

ここはホテルのエグゼクティヴ・ラウンジ。部屋に籠《こも》っているのが憂鬱になった私は、ここに来て朝食をとることにした。

……いつマリオ・フェリーニ氏に会わせてくれるのか、彼は今どこにいるのか、そしてそれだけでなく……。

私は眼下に広がる朝のローマの景色を見ながらため息をつく。

……自分の連絡先すら教えずに、あっさりと去っていった。

そのことに気づいたのは、あの男が姿を消してだいぶ時間が経過してから。自分がはぐらかされたのだと気づいて腹が立ち、結局、一晩中あの男のことばかりを考えてしまっていた気がする。おかげでひどい寝不足だ。

……やはり、私はからかわれたのだろうか？

私はカプチーノを飲み、またため息をつく。

……もしかしたら、あの男はやはりプレス関係者かもしれない。マリオ氏と写真を撮れたのはただの偶然で、個人的にコンタクトを取れるほどの間柄ではないかもしれない。だとしたら、私との邂逅《かいこう》は、今頃面白おかしく記事にされているかもしれなくて……？

私は想像し、思わず眉を寄せる。

……いや、そんなことはもう慣れている。それよりもムカつくのは、私を騙《だま》してキスまで奪ったことだ。まあ、あんな話に騙された私も、本物のバカと言ってもいいだろうが。

このエグゼクティヴ・ラウンジは、エグゼクティヴフロアに宿泊した人間が二十四時間自由に使える場所で、ここでの飲食は酒を含めてすべて無料。ブッフェ形式のカウンターで好きなだけ食べることもできるし、メニューから選んだものをテーブルに運ばせることもできる。ほかのテーブルでは、身なりのいい男女が朝食をとりながら優雅にくつろいでいる。

寝不足の私は朝食を食べる気にもなれず、人のあまりいない窓際のテーブルに座った。そして注文をとりに来たスタッフにカプチーノだけを頼んだ。もともと低血圧の私は何かを腹に入れないとまた貧血を起こしそうだが……。

「果物でもお持ちしましょうか？」

頭上から聞こえた声に、私はまたため息をつく。ここのスタッフは全員顔見知りなので、さっきから心配されていて……。

……え……？

だが、今聞こえた声はスタッフの誰のものでもなかった。低く、セクシーで……まるで昨日会ったばかりの、あの男のような……？

私はゆっくりと顔を上げ……そこに立っていた男を見て言葉を失う。

「おはようございます」

にっこりと笑みを浮かべるのは、一晩中思い出していたあの美貌。ヴァレンティノ・アマティと名乗ったあの男だった。

「……あ……ああ……ええと……」

彼に騙された、きっと二度と再会することはない、という結論を出していた私は、なんと言っていいのか解らずに口ごもる。

「もしも誰かとの待ち合わせでないのなら、少し同席してもよろしいですか？」

彼が私の座っているソファの向かい側を示す。

「約束はありません。どうぞ」

私が言うと、彼は持っていたブリーフケースを足元に置き、椅子に座る。ヴァレンティノは私を真っ直ぐに見つめ、ふと笑みを浮かべる。

「二度と会えないと思いましたか？　私に騙されたと？　そんな顔だ」

「べ、別にそういうわけではありません」

私は見抜かれたことが悔しくて、彼から目をそらす。いきなり頭を動かしたせいで、一瞬眩暈がする。

「ああ……やはり果物でもお持ちしましょう。あまり顔色がよくありません」

言うと、私の返答も聞かずに踵を返してブッフェカウンターの方に向かっていく。私は彼の後ろ姿を見送りながら、まだ信じられない気持ちでいた。

……まさか、あの男が、こんなふうに現れるなんて。

彼は、今朝も颯爽《さっそう》とした完璧な姿だった。英国製らしいさりげないシルエットのダークスーツ。真っ白なワイシャツ、そして彼の瞳の色と同じ、鮮やかなブルーを基調としたレジメンタルタイ。テーブルで食事をしている女性達が、パートナーの存在など忘れたかのようなうっとりとした顔で、次々に彼を振り返る。

……とてもモテそうじゃないか。というか、あのスタイルとルックスで、モテないわけがないか。

私はなんだか悔しい気分になりながら、皿を持って戻ってくる彼を睨む。

……男とキスをするような酔狂な真似をする必要など、まったくないはずだ。それともあまりにもモテすぎて食傷し、変わった趣味に走ってしまったとか？

彼は周囲の視線などまったく気づかない様子で、ローテーブルにフルーツの皿を置く。もう一つの皿には美味しそうに湯気を立てる焼きたてのデニッシュやクロワッサンが載せられていた。食欲などないと思っていたのに、その芳しい香りに急に空腹を覚えてしまう。

ラウンジのスタッフが近づいてきて、ローテーブルに二人分の取り皿と二人分のカトラリーを並べる。彼のためのブラックコーヒー、私の前には二杯目のカプチーノが置かれる。

「どうぞ。ちょうど焼きあがったところでしたので、冷めないうちに」

言われて、私はデニッシュの皿に目をやる。

「ありがとうございます、では遠慮なく」

私は焼アンズの載った小ぶりのデニッシュと、チョコレートを巻き込んだクロワッサンを皿に取る。あたたかく甘い香りに腹が鳴りそうだ。誘惑に負けて思わずデニッシュを千切ったところで、彼のおかしそうな視線に気づく。

「別に、甘党というわけではありません。糖分をとらないと頭が回らない。仕事に支障が出ますので」

言うと、彼はうなずいて、

「どうか遠慮なく召し上がってください。仕事はお忙しそうですね、寝不足に見えます」

……寝不足なのはおまえのせいだ！

私は思わず叫びそうになるが、それを必死でこらえてにっこり笑ってやる。

「ええ。とても忙しいです。昨夜も仕事が終わらなくて徹夜ですよ。なので、あなたと無駄話をする時間は……」

「今日、彼がお会いになります」

私の言葉を遮って彼がふいに言う。

「えっ？」

私は思わず聞き返し、近くのテーブルに人がいないことを確かめ、さらに声を落とす。

「それはもちろん、マリオ・フェリーニ氏のことですね？」

「はい」

彼はあっさりとうなずき、

「午後三時。場所はローマ市街から車で四十分ほど離れた場所にある彼の私邸です。お忙しそうですが、時間は取れそうですか？」

「もちろんです。そのためにわざわざローマまで来たんだ」

私が慌てて言うと、彼は満足げにうなずく。

「よかった。……それではまた後ほど。約束に間に合うように迎えに来ます」

あっさりと立ち上がろうとする彼を、私は思わず引き止める。

「ちょっと待ってください。朝食に手をつけていませんよ」

彼は驚いたようにチラリと眉を上げて、

「私と話す時間は無駄なのでは？」

「謝りますから座ってください。私は、昨日あなたにからかわれたのだと思ったんです。連絡先すら教えなかったので、二度と会いに来ないかと思いました。だから、つい……」

彼は、どこかセクシーな目をして笑う。

「私は、あなたからとても貴重なものをいただきました。もちろん約束は守りますよ」

その笑みに、なぜかドキリとしてしまう。

「それから……」

彼はブリーフケースを開いて、そこから紙製の薄いファイルを取り出す。

「お役に立つかわかりませんし、あなたなら準備は万全だと思いますが……一応マリオ・フェリーニ氏に関する資料をお渡ししておきましょう」

言ってそのファイルをテーブルの空いている場所に置く。

「お時間があれば目を通していただければ、彼に会った時に話が弾むかもしれません」

彼の言葉と行動に、私は本気で驚いていた。

……この手回しのよさ。やはり彼はどこかのVIPの専属秘書なのか？

「ありがとうございます。彼に会うまでに、目を通させていただきます」

言うと彼は微笑み、クロワッサンとフルーツの半分を自分の皿に取り分ける。

「私も実は昨夜は徹夜でした。あなたのことが忘れられなくて。……遠慮なくいただきます」

微笑まれて、なぜかまたドキリとしてしまう。

……なぜこんなふうになるのだろう？　昨日から、私は本当に変だ。

ヴァレンティノが私を乗せたのは、驚いたことに黒塗りのリムジンだった。彼は「雇い主からお借りしただけです」とあっさりと言ったが、それにしてはやけに慣れた感じで運転手とも親しげだった。彼自身も仕事上ではかなりの地位にあり、重要人物として扱われているのでは……という私の漠然とした予想は、きっと外れてはいないだろう。

◆

リムジンは四十分ほど走って、広大な緑の敷地の中にある屋敷に到着した。たくさんの装飾彫りの施された石造のそれは、豪奢《ごうしゃ》な衣装のイタリア貴族が今にも出てきそうなとても素晴らしい建築で……ローマの郊外にこんな屋敷があるとは思ってもいなかった私は、かなり驚いた。

美術館のそれのように広い車寄せで迎えてくれたのは、古風なデザインの白い上着を着た見栄えのするフットマン二人と、燕尾服《えんびふく》に似た黒のお仕着せを着た家令だった。ここに来ることに慣れているらしいヴァレンティノは、彼らをごく自然に私に紹介した。

「こんにちは、ヴァレンティノ様、ようこそいらっしゃいました、シジョウ様。主人がお待ちかねです」

温和な雰囲気の家令——ヴァレンティノの紹介によれば名前はマッシモ——が、私とヴァレンティノに向かってとても優雅に礼をする。私の実家にもベテランの家令がいるが、どちらかと言えば私と弟の世話に振り回される老家庭教師という雰囲気なので、彼はまるで古い映画の中の人物のように思えた。とんでもない世界に紛れ込んだかのようで……私はますます緊張してしまった。

マッシモは私達を先導して広い階段を上った。教会のそれのように巨大な両開きの扉の両側には逞しい身体の若い使用人が控えていて、重そうな音を立てながら開けてくれる。

私はそのドアをくぐり、ヴァレンティノと並んでエントランスホールに踏み込んで……呆然と中を見渡してしまう。

……ものすごい迫力だ。

そこは、まるでイタリアの教会のエントランスのように広い。さまざまな色の大理石が美しいモザイク模様を描く床。三階層分はありそうなほど高い天井からは、豪奢なクリスタルのシャンデリアが下げられている。正面には凝ったデザインの手すりを持つ大階段があり、その踊り場の壁には、フェリーニ社のシンボルでもある鷲《わし》が描かれた巨大なタペストリーが飾られている。

私達がホールを横切る足音が、高く響く。私は鼓動が速くなってくるのを感じる。

……ほぼ引退したような状態とはいえ、私が今から会おうとしている人間は、フェリーニ社の現CEOであり、それだけでなく世界的な大富豪、あのフェリーニ一族の末裔。何か怒らせるようなことでもしてしまったら、この計画はすべてがなしになる。

私はヴァレンティノと並んで家令の後ろを歩きながら、自分が緊張していることに気づく。日本国内でしか知られてはいないが、私自身も由緒正しいといわれる司条家の人間。しかも企業規模としては世界的といえる司条グループの重要人物。そして名だたる大富豪とは数え切れないほど会ってきた。だが……今日ほど緊張した日はきっとなかった。

「静かですね。緊張でもしていますか？」

ヴァレンティノが、歩きながら囁いてくる。からかいを含んでいるようなその声を聞いた瞬間、私は緊張を忘れ、代わりに苛立ちを覚える。

「まさか。初対面の方のお屋敷で、無駄なおしゃべりをする趣味がないだけです」

「それならよかった。……フェリーニ氏にあなたを紹介したら、私は席を外しますので」

彼の言葉に、私は驚いてしまう。

「えっ？」

「私は家令のマッシモとおしゃべりでも楽しんでいます。どうか私のことは気にせずにお仕事をなさってください」

「わ、わかりました」

……私はマリオ氏と世間話をしに来たのではない。彼と重要なビジネスの話をしなくてはいけない。そして老舗《しにせ》企業になればなるほどやっかいな、買収の話を切り出し、そして相手がその気になるようなプレゼンテーションをしなくてはいけない。

……緊張している場合ではない。

私は自分に言い聞かせ、深呼吸をして緊張を忘れようとする。

マリオ・フェリーニ氏に関する資料は、日本ではとても少なかった。ヴァレンティノが朝食のときに渡してくれたファイルのおかげで、限定的ではあるが彼のプロフィールを知ることができた。彼にはとても感謝しなくてはいけない。

……まあ、この商談がうまくまとまってからだろうが。

私達は両側に部屋を持つ長い廊下を延々と進む。この屋敷はいったいどれほど広いんだ、と思い始めた頃、家令がやっと一つの扉の前で立ち止まった。

「主人はこちらでお会いになります。どうぞごゆっくり」

家令は言って丁寧な礼をし、そのまま踵を返して去ってしまう。一瞬どうすればいいのか解らずに呆然とするが……。

「行きましょう」

ヴァレンティノが言って、ドアをノックしてしまう。

「ヴァレンティノです。ミスター・シジョウをお連れしました」

内側から男性が答える声が聞こえ、ドアが内側から開かれる。ドアを開けたのは白髪の男性でさっきの家令とほぼ同じ服装をしている。きっとこちらは屋敷の執事だろう。フットマン達が壁際に控えているのが見える。

廊下の重厚さから、案内される部屋も王宮のように堅苦しいだろうと私は想像していた。だが、予想に反して室内は庭に面していてとても明るい。ガラス張りのフランス窓と張り出したガラス屋根を持つ部屋で、まるで温室の中にいるかのよう。きっと家族用のティールームとでも呼ぶべき場所なのだろう。

「やあ、ヴァレンティノ。ようこそいらっしゃいました、ミスター・シジョウ」

一人掛けのソファから立ち上がったのは、白髪の男性だった。英国製らしいダークスーツにイエロー系のワイシャツとオレンジの入ったネクタイが、彼のイタリア系らしい顔立ちによく合っている。

彼の顔を知らないビジネスマンは、きっと世界中に一人もいないだろう。一時期はそれほど有名だった、彼はまさしくマリオ・フェリーニ本人だった。

ＣＥＯの地位についてから病気がちになったと聞いていた。たしかに経済雑誌で見た精力的な時の彼よりも一回り小さくなってしまった感はあるが……その瞳の輝きといい、矍鑠とした姿といい……彼は私のイメージどおりの彼だ。

「初めまして、ミスター・フェリーニ」

私は本気で感動してしまいながら、彼と握手を交わす。

「私は物心ついた頃からのモータースポーツファンで、チーム・フェリーニの試合は一度も見逃したことがありません。社会人になって最初に買った車はフェリーニR500でしたし、今ももちろん愛用しています。……あなたとお会いできて、本当に感激です」

我を忘れてまくしたててしまい……マリオ氏とヴァレンティノがおかしそうな顔をしていることに気づいて一人で赤面する。

「……申し訳ありません。一人で興奮したりして」

「いいえ。わが社の車を愛用していただいて光栄です。フェリーニR500は私にとっても思いいれの深い車ですし、チーム・フェリーニのファンというのなら、私も同じですから」

フェリーニ氏に言われて、私はますます感激してしまう。

……ああ、ここに私以上の大ファンである隼人がいたら、きっと感激のあまり泣いているだろうな。

「ともかく、お茶にしませんか？　あなたのために屋敷のパティシエ達が腕を振るっています。楽しんでいただかなくては叱《しか》られてしまう」

フェリーニ氏は笑いながら言って、私をテーブルに案内する。そして立ったままのヴァレンティノを振り返りながら言う。

「ヴァレンティノ、君もよかったら一緒にどうかな？」

彼の口調はあたたかく、二人の付き合いが一朝一夕のものではなく、本当に親密であることが伝わってくる。

……やはり私がヴァレンティノに出会えたことは、本当に幸運なことだったんだ。

ヴァレンティノは唇に笑みを浮かべたまま、

「私は、マッシモと一緒に厨房《ちゅうぼう》でお茶を楽しみたいと思います。少し心配でここまでついてきてしまいましたが、どうやらお二人は話が合いそうですし」

言って優雅に礼をし、あっさりと部屋から出て行く。

「そんな寂しそうな顔をしないでください。年寄りの相手は少し退屈かもしれませんが」

マリオ氏が可笑しそうに言い、私は思わず赤面する。

「退屈だなんてとんでもありません。憧れの人と二人で、とても緊張しています」

「リラックスして、腹を割って話をしましょう。それでこそ、双方に得のある交渉ができるというものではありませんか？」

彼の言葉に、私は思わず背筋を伸ばす。彼が、仕事の交渉のためのモードに入ったことが解ったからだ。

……ヴァレンティノが私のことをどこまで話したのか解らないが……彼はすでに私がM&Aの交渉に来たということに気づいている。そして追い返されないということは、彼はそれに協力してくれる気持ちがあるということだ。

……この仕事、絶対に成功させなくてはいけない……！

ヴァレンティノ・アマティ

「本当に楽しい時間を過ごしてしまった」

祖父が、昔のように煌めく目で楽しげに話す。

「おまえは本当に勘がいい。あんな逸材をきちんと見つけてくるのだから」

交渉を終えた由人をホテルまで送り届けた後、私は祖父の屋敷に戻っていた。由人が「とても有意義な時間でした。早速日本に連絡を取らなくては」と張り切っていたので成果はだいたい想像できたが……祖父の楽しげな様子は想像以上だった。

「彼とその父親は、フェリーニの車を十台ほど所有しているらしい。そのうちの一台はあの『ゴースト・エンパイヤ』だと聞いた。エンジンを健全に保つために、同じくモーターファンである弟さんも交えて三人でドライブに出ることもあるそうだ」

祖父は、自身もファンであるフェリーニ社の最初の一台の名前を挙げる。

「未だに現役で走らせてくれている人がいるとは感激したよ。それに彼の車に対する知識はハンパではない。歴代のエンジン部品の詳細まで知っていたよ」

祖父はとても満足そうな顔で言う。

「彼は豊富な知識を持っているというだけでなく、この男となら一緒に仕事がしてみたい……そう思わせる何かを持っている。彼が再建させた会社の業績がいいのもうなずける。彼になら、社員達もついていきたいと思うだろう」

その言葉に、私はかなりホッとする。たしかに彼には才能があると思っているが、なにせ会ったばかり。噂ではなく現実にどの程度の実力があるのかは、こうして実際に行動させてみないと解らなかったからだ。

「なるほど。……それで、お祖父様のご意見をお聞きしてもよろしいですか？　このM&Aは成功すると思われますか？」

私が言うと、祖父は顔を上げて私を見つめる。苦い笑みを浮かべながら、

「もしも交渉がスムーズにできる相手ならM&Aはたやすく進むだろうが……彼の最終的な交渉相手は、現社長であるあの男だ」

姪の夫のことを「あの男」と呼ぶ口調には、激しい侮蔑《ぶべつ》がこもっていた。

「あの男は、経営のことも、車のことも、フェリーニの歴史についても何もわかっていない。株主に尻尾を振ることが得意なだけ。しかもたちの悪いことに現在の地位に並々ならぬ執着がある。……あの男との交渉は難航するだろうな」

その口調には心配そうな響きがあり、あの司条由人という男に相当心を奪われてしまっているることを示していた。

……これは……お互いにとってとてもいい傾向だろう。

「しかし……」

祖父はさらに心配そうな顔になって続ける。

「彼はわざわざ来てくれたが……現在の私には発言権は少しもない。それどころか、社長を始めとする現在の取締役達の私への反感は激しい。このままでは、まともに交渉すらできないだろうな」

私もそのことには気づいていた。とても残念だが現在の祖父はすべての権限を奪われた状態だ。由人にファイルを渡したのもそれを示したかったからで、あの資料の中には現在のフェリーニ社においてCEOというのはただの閑職に過ぎないという内容がさりげなく示唆されていた。

……しかし、彼はそれに関しては驚きを見せなかった。きっとフェリーニ社の内部事情に関しては、調べ上げてきているのだろう。

……もしそうだとしたら、現社長であるジム・エリントン——私の義理の叔父に当たる人間だ——がとんでもない浮気性、しかもゲイ疑惑があることはよく知っているはずだ。

叔父はマスコミに対しては配偶者との仲むつまじさをわざとらしいほど演じ続けているし、

ひどい噂はもみ消しているようなので今のところ社内的には問題になっていないが……社交界では昔から有名な話だ。

私は思い、そして由人が日本の由緒正しき家柄の嫡男であることを思い出す。きっと彼なら欧州社交界のパーティーにも出席しているだろうし、あんなとんでもない美青年にジム・エリントンが目をつけないわけがない。

……交渉相手にジムを選ばなかったのは、とても聡明な判断だろうな。

ゲイの要素などかけらもなかったはずの私までが、由人の不思議な色気に幻惑され、キスを奪ってしまった。今でも彼のことを思うと胸が甘く痛む。美青年があんなに好きな叔父が、交渉の代償として彼の身体を欲しがらないわけがない。

あの下卑た叔父が、あの麗しい由人を強引に押し倒す映像が鮮やかに脳裏をよぎり、私はあまりの不快さに眩暈を覚える。

……由人を、危険な目に遭わせてはいけない。そのためには、彼が叔父と二人きりの直接交渉をしなくていいように、別の場所から足元を固めなくては……。

司条由人

私は、最低限の礼儀として、あの会社を築いた一族の現当主でありCEOでもあるマリオ・フェリーニ氏とどうしても会って挨拶をしたかった。そして、あなたの会社にできる限りのことをしたいと伝えたかった。彼とはとても気が合い、楽しい時間を過ごし、彼は私に「君のことを信じている。君となら仕事ができると思う」と言ってくれた。……しかし。

現在のマリオ・フェリーニ氏になんの権限もないというのは、業界内でまことしやかに流れている噂でしかなかった。現在の社長のジム・エリントンはことあるごとにマリオ氏の言葉を引用しては彼の存在をアピールしてきたし。だが……ヴァレンティノがくれた資料で、私は噂の方が正しかったことを確認できた。

……もしも業務提携ができたとしたら彼にはまた返り咲いてもらうつもりだし、今日の交渉は有意義だった。だが、M&Aという面では未だに交渉は一歩も進んでいないことになる。

私は小さくため息をつき、ポケットから携帯電話を取り出す。フリップを開いてあるナンバーを表示させる。あの男……ヴァレンティノ・アマティの携帯電話のナンバーだ。

……あの男に、どうしても連絡を取らなくては。

彼は私をリムジンでホテルまで送ってくれ、そして別れ際にこのナンバーを書いたメモを渡してきた。正式な名刺をまだくれないのか、と言った私に微笑んで、「あなたとのことはプライベートなので。こちらのナンバーの方が貴重ですよ」と言ってはぐらかした。

……感謝はする。だがやはりうさんくさい。それに、次は何をされるかわからない。

私は思い……彼にされたキスを思い出し、身体がやけに熱くなるのを感じる。

……男のあいつにまたキスをされるなんて、もうまっぴらごめんだ！

そう思うが……私にはほかに頼れる相手もいない。私はため息をつき、仕方なくヴァレンティノのナンバーに電話をかける。呼び出し音がほんの一回鳴っただけで、相手が電話に出る。

『こんばんは、ミスター・シジョウ。お電話をいただけて嬉しいです』

私が何も言わないうちに、ヴァレンティノが言う。電話を通しても彼の声はとんでもない美声で……まるで耳元で囁かれているかのようでゾクリとする。

私はなぜか速くなる鼓動を抑えようと小さく深呼吸し、それから一気に言う。

「話があります。今から私のホテルのバーに来られませんか？　もしも今夜がダメなら……」

『三十分でうかがいます。少しだけお待ちを』

彼が言い、そのままプツリと電話が切れる。私は挨拶もなく電話を切られたことに呆然とし……それから不思議なほどの怒りが湧き上がるのを感じる。

……本当に失礼な男だ！　まあ……すぐに来てくれるのは助かるのだが……。

◆

私がいるのは、ホテルの屋上に作られた展望バーだった。バーの面積の半分はウッドデッキで屋根がない。これほど高層の建物の上ではこういうデザインは珍しいだろう。黒い籐《とう》のソファに暗紅色の絹のクッション。ところどころ灯《とも》るアジア風のスタンドのほかは月明かりだけのほぼ真っ暗だ。

景色はいいが、今日のローマは九月だというのに肌寒く、ほとんどの客が室内にいた。私は白い麻のシャツとサンドベージュの麻のスラックスという姿で、冷たいミントジュレップをすすっている。これは夏向けの格好で来てしまった私の精一杯の強がりだ。

彼がバーに現れ、私のソファの脇に立ったのは、電話からぴったり三十分後だった。

「ご連絡をいただけると思っていました」

彼は言い、私からローテーブルの角を挟んだソファにくつろいだ様子で座る。昼間の彼はダークスーツ姿だったが、いったん家に戻ったようで黒のスタンドカラーのシャツと黒のスラックスという格好だ。彼のスーツ姿しか見たことのなかった私は、彼が黒を着るとさらにセクシーに見えることに気づいてなぜかドキリとする。

「何をご希望ですか？」

人の心を見透かしたような笑顔にムカッと来るが……これは仕事だ、と私は必死で自分に言い聞かせる。

「フェリーニ社のことがもっと知りたい。内部に知り合いはいませんか？」

「内部といいますと、具体的には？」

「デザイン部、そして併設された工房――有名なカロッツェリア・フェリーニですね――で働いている技術者。私は彼らの実力を高く評価しています。できればそういう現場で働いている人々の意見が聞きたい」

「わかりました。……少しだけお待ちください」

彼は言ってソファから立ち上がる。優雅な足取りで客席の間を歩き抜ける彼の姿に、バーにいるすべての客が見とれている。

……たしかに、とんでもなく見栄えがする男だ。

彼の後ろ姿を見ながら、私は思う。私は格闘技だけでなく弓道も嗜《たしな》んでいるが、彼の姿勢には名手が弓を引く時と同じ、凛々しい緊張感があり……悔しいがとても美しい。

彼は室内に続くドアの近くの客のいない一角に立ち、ポケットからスマートフォンを出す。どこかに電話をかけながらこちらに目をやり、何かを話しながら微かに微笑む。その笑みが電話の向こうの人間に向けられたものだと解っているが……自分が笑いかけられたかのような気がして、慌てて目をそらす。

……男と見つめ合うなんて、まっぴらごめんだ。もちろん、愛しい隼人だけは別だが。

私はグラスに目を落とし、それが空であることに気づく。近づいてきたウエイターに酔い覚ましのためのミネラルウォーターと、頭をはっきりさせるための熱いコーヒーを頼む。そして、自分がなぜか動揺していることに気づく。

……まったくイラつく男だ。しかもなぜいちいち動揺してしまうんだ、私は？

昨夜、私からキスを奪った時の彼の満足げな笑みが、脳裏に蘇る。あのどこか冷淡に見える形のいい唇が、触れるとやけに熱かったことを思い出し……さらなる怒りが湧き上がる。

……あの男は、私をからかうためにわざとキスなどというものを要求してきたのだろう。平然としていなくては、あの男の思うつぼじゃないか。

自分に言い聞かせるが、なぜか動揺はおさまらない。

……ああ、こんな時こそ、隼人の可愛い顔を見てなごみたいのに……！

ウエイターが近づいてきて、ローテーブルに私のためのコーヒーとミネラルウォーター、そして彼のためのドリンクメニューを置いて去る。私はカップを持ち上げ、コーヒーを飲もうとして……。

「アチッ！」

思いのほか熱かったそれに、唇に痛みが走る。揺れたカップからコーヒーが零《こぼ》れ、私の指を濡らす。

「くそっ！」

私は悪態をつきながらカップをソーサーに戻す。手を見下ろすと指先がわずかに赤い。

「なんなんだ。こんな熱いコーヒーを出すなんて……！」

呟きながら、秘書と一緒の時には彼女が「社長、火傷《やけど》をなさいませんように」と注意してくれていたこと、会社では私好みに冷ましたコーヒーをいれてくれていたことをやけに懐かしく思い出す。

……彼女は今頃のんびりしているだろうか？

思いながら小さくため息をつき、それからハッとして思い直す。

……いや、彼女を懐かしがってどうする？　私はもう立派な大人だ。秘書くらいいなくても、一人でなんでもできるはずで……。

「危なっかしい方だ。一瞬も目を離せませんね」

頭の上から声がして、私の手が持ち上げられる。

「熱かったでしょう？　ああ……少し赤くなっています」

彼は私の手を恭しく手のひらに載せて支え、心配そうに眉を寄せながら言う。男らしく骨ばった甲と、すらりと長い指。彼の大きな手の中で自分の手がやけに華奢《きゃしゃ》に見えて、私はド

キリとする。

「……まあ、素敵」

「……あんな美形が手を握り合うなんて、まるで映画みたい」

向こうのテーブルからご婦人方が囁く声が聞こえ、私は思わず赤くなる。

「余計なお世話だ。離せ」

言って、彼の手の中から乱暴に手を引き抜く。彼は苦笑しながら椅子に置いてあった布ナプキンを持ち上げ、優雅な様子で座る。ミネラルウォーターのグラスを傾けて布ナプキンを濡らし、私にまた手を差し伸べる。

「冷やします。手を」

「放っておいてくれ。別にたいしたことは……」

「手を出さないのなら、交渉の結果を教えませんよ」

からかうような口調、やけにセクシーな青い瞳。私はまた苛々しながら、彼を睨み返す。

「もったいぶるということは、いい結果が？」

「抵抗するのなら、それも教えません」

「なんだと？」

言いながらチラリと周囲を見渡すと、客達がこちらに注目しているのが見える。私は動揺を抑えるためにため息をつき、そして思う。

……まったく、なんてムカつく男なんだ！

◆

彼はバーでマッカランのオンザロックを一杯だけ飲み、「部屋まで送りましょう」と立ち上がった。その間は一切仕事の話はせず、私の部屋のリビングに入ってから、やっと言った。

「カロッツェリア・フェリーニとデザイナー室のメンバーに時間を作ってもらいました」

私はホッとすると同時に、妙な苛立ちを覚える。この部屋で彼と二人きりになってから、やけに鼓動が速い。

……そういえば、彼はここで私の唇を奪った。

あの時の身体の熱さが鮮やかに蘇ってくる。

……しかも、どうしていつもこんなにいい香りがするんだ、この男は？

もしも店の中で電話の結果を言ってもらって、エレベーターホールででも別れることができれば、こんな気まずい思いはしなくてよかったのに。

「どこまで焦《じ》らすつもりですか？　バーでそう言ってくれればいいのに」

できるだけ冷たい口調で言うが、声がわずかにかすれてしまっている。彼はクスリと笑い、窓際にいる私のすぐ後ろに立つ。

「声がかすれていますよ。可愛い人だな」

からかうような口調に、思わず頭に血が上る。

「……貴様……！」

私は振り返り、ヴァレンティノの襟首を掴んで睨み上げてやる。

「……私は誇り高い司条一族の次期当主だ。その私に対して、可愛いなどという言葉を二度と使うな……！」

怒りに震える声で言うと、彼はその顔から笑みを消す。

……思い知ったか。すべての社員が震え上がる、この司条由人様の迫力の前では、慇懃《いんぎん》無礼なこの男も……。

「私の襟から手を離しなさい」

彼の声が、ふいに低くなる。からかいをうかべていた青い瞳の奥に、一瞬強い光がよぎる。

「そんなふうに無防備に顔を近づけると、またキスをされますよ」

ごく静かな口調、そして無表情。なのに、なぜか激しく気圧《けお》される。

「それともキスをねだっているんですか？」

寝そべっていた雄のライオンが急に身を起こして臨戦態勢に入ったかのような……彼はとんでもない迫力で……。

「まさか」

私は必死で平静を装って言い、彼から手を離す。そして動揺を隠すために彼から離れ、窓のそばまで歩く。近くにいるだけで気圧され、言うことを聞かされそうな気がした。

「勘違いしないでください。私は正真正銘のストレートだし、女性にはとんでもなくモテるんです。男にキスなどねだるわけがない」

振り返って睨むと、彼は長い指で襟を直しながら何も言わずにふいに笑う。その笑みはさっきまでの迫力のある彼とはまるで別人のようで……私は混乱する。

……本当に、いったい何者なんだ、そして何を考えているんだ、この男は？

「なるほど。たしかにあなたに言い寄る女性は多そうだ。その保護欲をかきたてるところがたまらないんでしょうね」

「はあっ？」

彼の言葉に、我を忘れて大声で叫んでしまう。

「どこまで人をバカにするんだ？　私を誰だと思っている？　私は……」

「そういう方があなたらしいな。これからは敬語はやめて、そのままの口調で話してくださってかまいませんよ」

私の言葉を、彼が平然と遮る。私の怒りをものともしないのんびりとした口調に、さらに苛立ちがつのる。

私はどう答えていいのか解らず、彼から目をそらす。

私は今まで、恋の相手に一度も不自由したことがない。相手はもちろん女性だが、キスなど数え切れないほどしてきたし、セックスの回数もこの年齢の男の平均以上はこなしているはず。だが、相手がどんな美人でも、私は動揺したことなどなかった。その時々で自分の利益になる相手を選んできたし、キスもセックスもすべてが計算ずくの行為だった。恋愛のどんな場面においても自分を見失うような感情など一度も抱いたことがない。恋に溺れる男女を見るにつけ、まるで中学生のようだと軽蔑してきた。頭のいい大人なら、どんな場合でも冷静でいるべきだ。だが、なぜか……。

今の私は、とても混乱している。この男の情報とコネはとんでもなく価値のあるものだ。だが、この男にとっては……。

……彼にとって、同性である私とのキスなどなんの役にも立たないだろう。ふざけているんだろうか？　もしかしてからかわれた？

気づけば私は彼の言葉に翻弄《ほんろう》され、きちんとした名刺すらもらっていない。いかにもイタリアの色男という風情の名前も、もしかしたら偽名かもしれない。

……もしもそうだったら、司条グループの総力を上げて絶対に素性を暴き出し、気絶するまでぶん殴ってやる！

ヴァレンティノ・アマティ

「本気で怒らせてしまったようですね。おわびをしなくては」

私が言うと、彼はゆっくりと振り返る。

リビングの向こう側、一面に切られた巨大な窓からは、ローマの見事な夜景を見渡すことができる。それをバックにして、彼が真《ま》っ直《す》ぐにこちらを見つめていた。

都会の夜の天空を背景にして、真っ直ぐに立った彼。街の灯が後光のように彼の後ろに煌《きら》めいて……それはまるで、とても美しい一枚の宗教画のようだ。

……高位天使というものが存在するとしたら……。

私は彼に見とれてしまいながら思う。

……きっと、彼のように麗しいことだろう。

「どうすれば許していただけますか？」

私が言うと、彼はまるで拗《す》ねた子供のような顔でまた目をそらす。それからふいに、

「コーヒーをほとんど飲まずに来てしまった。それに薄着で夜風にあたって少し冷えた」

「二人で、あたたかいコーヒーでも飲みませんか？」

私が言うと、彼は少し驚いた顔をする。それから、

「それならコンシェルジェを……」

「それには及びません。私がいれましょう。……エスプレッソとブレンド、どちらがお好みですか？」

私が言うと、彼はさらに驚いた顔をする。女性扱いするな、自分でできる……などと抵抗されるかと思いきや、今度は素直に、

「できれば、カプチーノを。でも……」

言いながら、リビングの端に設置されたバーカウンターに目をやる。カウンターの向こう側の作業台にはイタリア製の大きなエスプレッソマシンが置かれている。最近は客室に簡単なエスプレッソマシンを置いているホテルも珍しくはないが、この部屋に泊まる人間は使用人を連れているかコンシェルジェを呼ぶのが普通なので、本格的な機種だ。慣れていないゲストには扱えないだろう。

「あのエスプレッソマシンなら慣れています。ご安心を」

私は言いながら、リビングを横切る。バーカウンターに入る前に壁のスイッチを操作し、部屋の温度を少し上げてやる。

「おまえは誰かの秘書、という線が濃厚に思えた。やけに気がきく」

彼は思わずといった声で言い……それから慌てたように、

「いや、別におまえになど少しも興味はないが」

彼がまた拗ねた少年のように見えて、私はまた思わず微笑《ほほえ》む。

「ご想像にお任せします。いずれにせよ味方になっておいて損はないと思いますよ」

私はカウンターの中に入り、大理石の作業台の上に並んだスタイリッシュないくつかの銀色の缶を点検する。その中からエスプレッソ用の深煎《ふかい》りコーヒーの粉が入ったものを選び出し、密封された蓋《ふた》を開ける。ふわりと広がった香りに、陶然とする。これはフロアコンシェルジェが責任を持って用意しているもので、豆を厳選して専門家にローストさせ、挽《ひ》きたてのものに毎朝入れ替えているはずだ。飲まなくてはもったいない。

「このマシンならスチームで泡立てたフォーム・ミルクも作れますよ。ブラックのエスプレッソとカプチーノ、どちらが……」

私は言いかけ、彼がいつの間にか自分のすぐ後ろにいたことに驚いて言葉を切る。彼はなぜかとても難しい顔でマシンを見つめたまま、

「フォーム・ミルク……ということは、このマシンならあのラテ・アートというものも？」

彼の口から出た言葉に、私はその真意を考える。

「次は家電業界への進出を考えているのですか？　このエスプレッソマシンの会社はイタリアでも有数の老舗《しにせ》で、今は経営も安定していますが」

私が聞くと、彼はハッとしたように肩を震わせて、

「べ、別に、そういうわけでは……」

目を逸《そ》らした彼がなぜか照れているように見えて、私はドキリとする。その横顔がまるで少年のように見えたからだ。

「ラテ・アートが見たいのですか？　プロのバリスタのようにはいきませんが、簡単なものなら一応できますよ。……何かリクエストがあればトライしてみますが？」

彼はなぜか眉間《みけん》に深い皺《しわ》を寄せる。バカにするな、と怒られるかと思うが……。

「それなら、熊を」

「熊？　グリズリーなどの、あの熊ですか？」

リアルなグリズリーの画像が浮かんだ私は、思わず聞き返す。彼はとても怒ったような顔で私を睨《にら》み上げてくる。

「グリズリーをリクエストする人間がいるか！　そうではなくて、ぬいぐるみによくあるテディベアだ！　決まっている！」

苦々しげに言われて、私はやっとラテ・アートによくある可愛らしいテディベアの絵を思い浮かべることができる。相手が可愛らしい子供などならすぐにこの画像を想像できただろうが、人形のように端麗でクールに見える彼とテディベアの組み合わせはどうしても思いつかなかったのだ。

「テディベアならかろうじてできそうです。それほど難しくはありませんよ」

「それなら、ぐだぐだ言わずにさっさと作れ」

彼は、まだ怒りに満ちた顔で言う。とても憎らしい言葉と口調だが、その滑らかな頬《ほお》が微《かす》かに染まっていることに私は気づく。

……彼はもしかして照れているのか？

私は思い……そして目の前の麗しい男に、親近感を覚える。

……非の打ち所がないほど美しいのに、中身は少年のように純情だとしたら……これほど貴重な存在はないだろう。

私は微笑みそうになるのを必死でこらえながら、エスプレッソマシンのカラフェにミネラルウォーターとミルクをそれぞれ入れる。マシンのスイッチを入れ、抽出口の下にエスプレッソカップではなく大き目のコーヒーカップを置く。

彼は私のすぐ脇に立ち、私の手元を興味深げに見守っている。

……ああ、またこの香りだ。

胸が痛くなるような若い柑橘《かんきつ》類と、濃厚な蜜《みつ》の芳香。男の脳の原初的な場所を刺激してくるような彼の香りに、一瞬眩暈《めまい》を覚える。すべてを忘れて、ほっそりと優雅な身体《からだ》を抱き締めてしまいたくなる。

……まったく、とんでもなく危険な男だな。

私は思い、それからマシンがあたたまってきたのを確かめて彼を振り返らないままで言う。

「蒸気が出ますので危険ですよ。それに作業がしづらい。少し離れていただけますか？」

「ああ……失礼」

彼は、我に返ったように言う。ソファにでも座ってくれればと思うが、彼は一メートルほど離れたところに移動し、興味深げに私の手元を見守っている。

……まるで猫のようだな。

私は、祖父の屋敷で飼われている数匹の猫たちを思い出す。

……気高く、気まぐれで、そしてとても美しい。

エスプレッソマシンを見つめる彼の目は、面白いおもちゃを見つけた時の猫のように、好奇心に煌めいている。

……ああ……彼のことが、とんでもなく可愛く思える。このまま毎日彼を甘やかして過ごせたら、どんなに素敵だろう？

「……すごいな」

私はヴァレンティノがローテーブルに置いたカップを覗《のぞ》き込んで思わず言う。

「……おまえのような渋い男が、ミルクの泡でこんな可愛いテディベアを作るなんて」

カップの中にはとろりと濃いエスプレッソ。そこに白く豊かなミルクの泡で可愛らしいテディベアの顔が描かれている。芸術的なセンスがあるのか、それとも実は可愛い物好きなのか、丸い目の位置といい、耳の大きさといい、完璧なテディベアだ。

「素晴らしい。そうとうわかっているようだ」

「まるで私の趣味のように言わないでください。リクエストしたのはあなたですよ」

彼はため息混じりに言い、窓に向けてコの字型に置かれたソファの、角を挟んだ隣に座る。

「私だって、別に可愛いものが好きなわけではない。女性じゃあるまいし」

私が憤然としながら言うと、ヴァレンティノは呆然《ぼうぜん》とした顔をする。

「は？　ではなぜテディベアを……」

「別に可愛いものが好きなのではなく、テディベアが好きなだけだ。いや、正確に言えばテディベアが好きな弟のことを好きなだけだ。……こんな可愛いラテ・アートを見たら、きっと隼人《はやと》は喜ぶだろうな」

私は言って内ポケットから携帯電話を取り出す。

「撮影してもいいかな？　画像を弟に送ってやりたい」

「ええ、もちろんどうぞ」

「それでは」

彼の言葉に頷《うなず》き、私はラテ・アートを何枚か撮影する。が、なかなか気に入った写真が撮れない。

「今ひとつだな。この可愛らしさがなかなか表現できない」

「もう少し明るい場所に移動しては？」

「ああ……それはいいかもしれない。でも動かすと崩れるのでは？」

私が言うと、彼はソーサーごとカップを持ち上げ、

「私が運びましょう。窓際のティーテーブルでは？」

彼は言って、窓際に置かれた小型のテーブルにカップを運んでくれる。そこならスタンドの明かりがあるのでいい雰囲気に撮れるだろう。私は彼の後を追い、カップを何枚か撮影する。画像を確認しながら、

「ああ……これはいい。隼人もきっと喜ぶな」

「弟さん思いなんですね」

「兄というのはみなそういうものでは？　私は隼人が可愛くて仕方がない」

私は上の空で答えながら、画像を自分のコンピュータ宛に転送する。夜になったら隼人におやすみメールを書くので、それに添付すればきっと喜んでくれるだろう。私は携帯電話を内ポケットにしまい……ヴァレンティノが微笑んでいることに気づく。

「何か反論でも？」

「いいえ。私は兄弟がいないのでうらやましいと思っていただけです。……撮影は終わりましたか？」

「ああ、もうじゅうぶんだ」

私が言うとヴァレンティノはカップをまた持ち上げ、もとのローテーブルに持って行ってくれる。

……なんだろう？　彼に世話を焼かれるのは不思議なほど心地いい……。

「召し上がらないのですか？」

彼の声に我に返り、顔を上げる。彼は向かい側ではなく、角を挟んだ隣に座っていた。思いのほか近くにあった端麗な顔に、ドキリとする。

「い、いただきます」

私は言って、テディベアを壊すのが少し惜しい気持ちになりながら、それを飲む。微かな甘みのあるミルクと薫《かお》り高いエスプレッソが舌の上で混ざり合う。エスプレッソは深い苦味とわずかな酸味のバランスが絶妙で……。

「……本当に美味しい」

私は思わず呟いてしまい、彼が微笑んだことになぜかドキリとする。

「それは光栄です。欲しい時にはいつでもおっしゃってください」

◆

翌日、私はヴァレンティノと一緒に有名なデザイン工房、カロッツェリア・フェリーニに向かう。広々としたそこはデザイン室と一続きになっていて、アートクレイで作られた原寸大の新型車の模型が置かれている。布がかけられているのは、まだ発表前のものだろう。

そこで働いていたのは、二十人ほどのメンバー。工房の方の職人達はみな五十過ぎのベテランだが、デザイナー室の方はほとんどのメンバーが三十代以下という若いチームだった。

ヴァレンティノは彼らと親しげに言葉を交わしたが、またすぐに姿を消した。私はひとりきりにされてしまったが……昔から憧れていた工房で、とても楽しい時間を過ごした。

そして……製作メンバーに会えた私は、やはりフェリーニ社を潰《つぶ》してしまうのはとても惜

しいと思った。彼らはやる気と才能に溢《あふ》れ、これからも素晴らしい車を作り出していけるメンバーだ。万が一、利益のことしか考えない会社に買収されたとしたら、デザイン性とアート性を重視して採算を度外視するこんな工房は、すぐに潰されてしまうだろう。

……だが……彼らをそんな目に遭わせるのは、自動車業界の大きな損失だ。

「この後、どうなさいます？　よかったらホテルまでお送りしますよ」

工房の老チーフが言い、若いデザイナー達が次々にうなずく。

「あなたみたいな綺麗《きれい》な人、バスに乗ったら危なそうだ」

「ちょっと頼りなさそうですしねえ」

ほかの人間から言われたらムッとしそうな言葉だが、この砕けた雰囲気の中ではなぜか心地いい。

「こら、失礼だろう？」

工房のチーフが言い、私の方を振り返る。

「本当に遠慮なさらなくて大丈夫ですよ。私の愛車でお送りします。一応フェリーニ社の製品です。やっと買った自慢の品なんですよ」

彼の言葉に私は思わず微笑んでしまう。

「それは魅力的です。……ただ、もう迎えを呼んでしまったので、またいつか別の機会に」

若いデザイナー達が「チーフがあっさり振られた」「チーフ、めちゃくちゃ残念そう」と囁《ささや》き合い、睨まれている。

彼らは、全員でそのまま車寄せまで送ってくれた。そこには運転手が待っていたが……リムジンではなく、SP用のセダンだった。リムジンではあまりに目立ちすぎて印象がよくないと思ったからだ。

「これはフェリーニ社のセダンじゃないですか！　台数限定で売り出されたとんでもない希少品だ！」

チーフが驚いたように言い、デザイナー達も驚いた顔をする。

「カタログでしか見たことありませんよ！　しかも現役！」

「すごい！　やっぱりそうとうのファンなんですね！」

彼らは盛り上がり、私はどうやら彼らの好感を得られたようだった。私はセダンに乗り込み、ホテルに向かいながら手ごたえを感じていた。

……彼らを味方につけられたというのは、交渉的にはあまり意味がないかもしれないが……株主に与える印象は変わると思う。きっと意味のあることだ。

私は思いながら、アマティの携帯に電話をかける。そして結果を報告するので部屋に来て欲しいとだけ言って、挨拶《あいさつ》もしないで電話を乱暴に切ってやる。

……きっと驚いているな。いい気味だ。

ヴァレンティノは私を工房に残して去ったまま、戻ってこなかった。電源を切っていた私の携帯電話にメッセージが入っていて、「終わったらホテルまでお送りしますので電話をください」と入っていたが、私は悔し紛れに無視して自分の運転手を呼んだ。

こんなことで仕返しをしたと思ってしまうところが……私はまだまだ子供かもしれないが。

◆

「今日の会合は有意義だったはず。代償には何をいただけますか？」

真っ直ぐに見つめられて、鼓動が速くなる。

……何をドキドキしているんだ、私は？　いくら美形とはいえ、相手は男だぞ？

私は思い、余裕を見せるために無理やり笑みを浮かべてみせる。

「何が欲しい？　代償は交渉次第だ」

「なるほど」

彼は、私の笑みに答えるようににっこりと笑う。ふいに見せたその笑顔にはまるで邪気がなく……なぜかまた鼓動が速くなる。

……だから、いったいどうしたというんだ？

「欲しいものはたくさんありますが……」

彼は笑みを浮かべたまま、私に近づく。並み外れた美というのは時に人の思考を停止させるが、私もまた、完璧な彼の笑顔を呆然と見返したままで何も考えられない。

「まずは……あなたの別の顔が見たい」

低い声で言われ、彼の顔が近づいてくるけれど……どうしても動けない。

「……あ……」

あとほんの一ミリで唇が触れる、というところで彼がふいに動きを止める。彼の湿った甘い息が私の唇をくすぐり……それだけで身体が熱くなる。

「もしも嫌なら、やめておきますが？」

笑みを含んだセクシーな囁きに、私はもう、キスのことしか考えられない。

「うるさい。したければさっさと……ん……っ」

彼の唇がふいに深く重なって、私は思わずきつく目を閉じる。言葉の途中で開いてしまっていた上下の歯列の間から彼の熱い舌が滑り込んできて、私の舌をすくい上げる。

「……あ……くぅ……」

舌が深く絡み合い、唇の端から飲みきれなかった唾液《だえき》が零《こぼ》れる。ゆっくりとそれが滑り落ちる感触がとても淫《みだ》らで、思わず呼吸が速くなる。

「……ん……ん……っ」

彼の両腕が、私の身体を強く抱き締める。しっかりと押さえ込まれ、激しく奪われる感覚に、自分の奥に隠されていた何かが暴かれてしまいそうだ。

……ああ、どうしたというんだ……？

背骨の辺りから驚くほどの快感が湧《わ》き上がり、全身を甘く痺《しび》れさせる。鼓動が激しくなり、身体が熱くなり、そして……。

……ああ、まただ……。

私の中心は、彼のキスに激しく反応し、すでに限界まで勃起してしまっていた。下着とスラックスをきつく押し上げ、先端が痛いほどに張り詰めている。自分ではとても信じられないが……私は彼とのキスにとても感じていた。

「……んん……っ」

彼にそれを気づかれないように、私は彼の胸に手をついて腕から逃れようとする。だが彼はそれを許さず、グッと強く私の腰を引き寄せる。

「んんっ！」

逞《たくま》しく筋肉の張り詰めた彼の腿《もも》が、私の勃起した屹立《きつりつ》に当たる。深いキスを奪われながら、確かめるように彼の腿が私の屹立を擦《こす》ってくる。

「……ん、んん……っ！」

腰を抱き締めていた彼の右手が滑り、二人の身体の間に滑り込む。必死でもがくけれど彼はそれを許さず、彼の手のひらが……。

「んーっ！」

彼の手が、スラックスごと私の屹立を握り込む。硬さを確かめるようにキュッと擦り上げられて、とんでもない快感に目の前が白くなる。いきなりイキそうになって必死でこらえるが、屹立の先端からはトクリと先走りが溢れて下着を熱く濡《ぬ》らしてしまう。

「こんなに硬くしてしまうなんて。そんなに私とのキスに感じましたか？」

唇を触れさせたまま、彼が囁いてくる。

「……ちが、ああ……っ！」

返事を促すようにキュッと扱《しご》き上げられて、私は思わず声を上げる。痺れるような快感に、腰が抜けてしまいそうだ。

……どうしてこんなに感じているんだ、私は……？

女性とのセックスの時、戯れに触れられたり、しゃぶられたりしたことはある。それ自体は快感だったが……なぜか不思議な嫌悪を感じて、私は行為に熱中することができなかった。男の性器に自分から触れてくるような奔放な女性が好みではないのだと理解していたが、もしかしたら……。

「自覚していないかもしれませんが……」

彼が私の屹立を焦《じ》らすようにゆっくりと扱きながら、耳元で囁いてくる。

「……あなたには、ゲイの要素があるのかもしれませんね。普通なら、同性との行為にこんなに感じたりはしないでしょう」

ふと頭をよぎったことをいきなり言い当てられて、私は動揺する。彼がからかうような口調ならきっと殴っていたと思うが……彼の口調はなぜか不思議なほど真剣で、何かを深く考えているかのように聞こえた。

「自分はどうなんだ？　キスをしながら男の性器に触れてくるなんて、おまえの方こそゲイじゃないか？」

思わず言ってしまった私を、彼は真っ直ぐに見つめる。

「今までゲイだと自覚したことはありませんでしたが、あなたにはとても興味がありますね」

それからふと心配そうな顔になって言う。

「まあ……あなたは本当に美しくて色っぽい。興味を持つのは私だけではないかもしれませんが。あなたを口説こうとする男は多いでしょう？」

彼の言葉に私は思わず眉《まゆ》を寄せる。

たしかに、私を口説こうとする男はなぜか多い。社長の息子として社内でふんぞりかえっているだけならそんな目にも遭わないだろうが、M&Aのためにはたくさんの人間と会い、さまざまな交渉を重ねる。日本はともかく海外ではゲイであることを隠さない人間は意外に多く、その中には身体を使った交渉を匂わせる不届き者が何人もいた。もちろん、そんな間抜けなゲイに簡単にやるほどこの私は安い人間ではない。身体など使わずとも私は交渉を成功させてきたし、失礼な人間にはきちんと思い知らせているが。

「正直に言えば、たしかによく口説かれる。そういう男には本気でうんざりだ。……まあ、子供の頃から祖父の命令で日本式の格闘技を嗜《たしな》んでいるので、どんなごつい男が相手でも負けたことはないけれど」

牽制《けんせい》の意味も込めて言うと、彼は唇の端に浮かべた笑みをさらに深くする。

「なるほど、あなたのお祖父様は、とても聡明《そうめい》な方だ」

彼は言うが、まったく気にしていない様子で、私の身体を抱き寄せる。

「ちょっと待て。私を口説くとひどい目に遭うぞ」

「なるほどね。では、本当にそうなるか、試してみましょうか？」

屹立に当てられていた彼の手が、ふいに滑り上がってくる。

「……何を……あっ！」

彼の手のひらが、私の左胸にぴたりと当てられる。シャツ越しの彼の体温に、なぜか鼓動がさらに速くなる。

「とても鼓動が速い。この先が怖いですか？」

「べ、別に、怖くなど……あっ！」

彼の手のひらが、ふいに私の胸をゆっくりと揉《も》んだ。男の自分がそんなことをされるとは思ってもみなかった私は驚いて声を上げてしまう。

「こうして触れているだけで、手のひらに乳首が当たっている。ほら、どんどん尖《とが》ってきた」

まるで呪文《じゅもん》をかけるように囁かれ、手のひらで薄い肉を揉まれて……胸の先にズキリと甘い快感が走る。今まで意識したこともなかった乳首が、まるで女性のそれのように硬く尖ってくるのが解る。

「やめ……そんなところ、感じるわけが……」

私は彼の手を摑《つか》み、動きをやめさせようとするが……。

「代償を払わない気ですか？」

低く囁かれただけで、動けなくなる。言葉の内容よりも、その声がやけに迫力があって、もう抵抗ができない。

「そうです。おとなしくして」

彼の手が、私のワイシャツのボタンをゆっくりと外す。

「……何を……」

「いつも完璧な姿のあなたが、乱れるところが見たい」

私のワイシャツがゆっくりと広げられる。あたたかいはずの空気がひんやりと感じられ、自分がどんなに身体を熱くしていたかに気づく。

「完璧な仕立てのスーツの下に、こんな身体を隠していたなんて」

彼が私を見下ろしながら囁いてくる。囁きに含まれた感嘆の響きに、頬までが熱くなる。

彼がゆっくりと手を動かし、両手を私の鎖骨の上に当ててくる。まるで高価な磁器にでも触れるかのようにそっと撫《な》で下ろされ、身体が震えてしまう。

「なんて肌だ。きめが細かくて、手のひらに吸い付いてくるようです。しかも……」

彼の指先が、乳首の周囲にそっと円を描く。

「……んん……っ」

脱がせたくせに、焦らすようなその動き。もどかしさに思わず声が漏れてしまう。

「乳首が、こんな無垢《むく》な桜色をしている。ここを、誰かに触れさせたことは？」

ゆっくりと周囲に円を描かれて、思わず喉《のど》が鳴ってしまう。

「……ん……あるわけがないだろう……私は男で……ああっ！」

彼の指先が、不意打ちで私の両方の乳首を摘《つま》み上げた。

「初めてなのに、こんなに誘うように尖らせて。本当にいけない人だ」

囁きながら揉み込むようにされて、全身が蕩《とろ》けそうな快感が湧き上がる。

「……んん……やめ……んん……っ」

彼の唇が、私の喘《あえ》ぎを吸い取った。逃げようとするけれど許されず、乳首を愛撫《あいぶ》されながら何度も何度もキスを奪われる。

「……んん……んく……っ」

下着とスラックスを押し上げている屹立が、その動きに合わせてヒクヒクと揺れてしまう。

さっき彼に触れられた余韻で、そこはとても感じやすくなっている。下着の布地と先端が擦れただけで、さらなる快感を求めてスリットから先走りが溢れてしまう。

「……んん……んん……っ」

男のそんな場所が感じるわけがない、と思うのに……。

「……も……やめ……っ」

キスの合間に懇願するけれど、それに苛立ったかのようにさらに深いキスを奪われる。

「……んん……っ！」

彼のキスはとてもセクシーで、その指は美しいだけでなく本当に器用だった。摘み上げて敏感にされた乳首の先を指先でくすぐられて、私は目を閉じて喘ぐことしかできなくなる。

「……んん……っ」

力が抜けてしまった上下の歯列の間から、彼の熱い舌が滑り込んでくる。淫らに口腔を愛撫され、激しく舌を絡められて、息ができない。

……ああ、男にキスをされて、こんなに感じるなんて……！

乳首をくすぐられるだけで屹立が痛いほどに反り返り、快感が腰に凝縮する。脳がかすんで、もうイクことしか考えられなくなって……。

「……ん……ん……っ」

私は我を忘れ、たまらなくなって彼の舌を舐《な》めてしまう。それに気づいたのか、彼のキスはさらに深くなり、二人の舌が淫らに絡み合う。

……どうしよう……？　キスと、乳首への愛撫だけで、本当にイキそうだ……！

「……あ……っ」

彼がふいにキスをやめて顔を離す。きつく閉じた瞼《まぶた》の間から、快楽の涙が一筋滑り落ちた。

「素晴らしい。とてもいい顔を見せていただきました」

彼が囁き、ふいに私の身体から手を離す。一人きりで快楽の中に取り残された私は、何が起きたのか解らずに呆然とし……。

「本当に、とても敏感なんですね」

彼が私の身体を見下ろしながら言う、その視線を追った私は、彼が私の屹立を見ていることに気づいて、恥ずかしさのあまり真っ赤になる。

「代償は払った。出て行け！」

私が言うと、彼は楽しそうに笑って、

「わかりました。なにかあったら、いつでもご連絡ください」

言って、あっさりと部屋を出て行く。

「クソ、なんなんだ、あの男！」

私は叫び、拳《こぶし》で壁を思い切り殴る。だが、怒りと、身体の熱は収まらない。私は舌打ちをして窓に背中を預け、スラックスの前立てのボタンを開く。ファスナーを下ろして下着の間から欲望を取り出す。ブルンと弾《はじ》け出た屹立は想像以上にしっかりと勃起していて……私はまた舌打ちをする。

「まったく面倒くさいことを！」

仕事に熱中してすっかり忘れていたが、ここ最近マスターベーションをしていなかった。すべてのエネルギーを仕事につぎ込んでいるせいか、私は性欲に関することにはとても淡白だ。できれば、一生こんなことをせずに過ごしたい。

私は右手で屹立を握り締め、容赦なく擦り上げる。こんなものはさっさと出して、あの男のことなど忘れて仕事を……。

「……う……っ？」

あの男の顔が脳裏をよぎり、その瞬間、なぜか腰の辺りがじわりと熱くなる。

……どうしてだ？　セクシーな美女ならともかく、あんな男のことで……。

私は思いながら、自分で自分を愛撫する。快感を感じることには興味がないので、私にとってマスターベーションはただただ面倒な行為だ。女性とのセックスでもたいして感じたことがないし、自分は不感症気味なのではないかと常々思っていた。性欲に溺《おぼ》れて仕事を失敗するような男が多い中、性に淡白な体質はどう考えても有利だ、とも。

……なにが、いい顔を見せてもらった、だ。この私が、男とのキスに感じるわけが……。

「……あ……っ！」

ふいに唇にあの男のキスの感触が蘇《よみがえ》る。その瞬間に走った快感に、私は驚いて声を上げる。

……クソ、なんなんだ、今の声は……っ？

私は唇を噛《か》み締め、おかしな快感など覚えないように、一気に駆け上ろうと屹立を速い速度で扱き上げ……。

「……えっ？」

あることに気づいて、私は手を止める。私の屹立は硬く反り返り、先端から蜜を垂らしている。いつもの早急なマスターベーションの時よりずっと感じているような状態だ。身体の熱は激しく、腰骨から溶けそうだ。なのに……。

「……なぜだ？」

何かを忘れてしまったかのように、なぜか放出することができない。身体の奥に膨れ上がる快感はあるのに、それが射精につながらない。

私は屹立を扱き上げながら、いつものマスターベーションを思い出そうとする。ほかの男はセクシーなグラビアなどを利用すると聞いたが、私はそんなものを使ったことなどなかった。セックスに対してロマンティックな幻想など持たない私にとって、射精はただの放出。ごくごくシンプルな生理現象でしかなかった。なのに。

「……なんなんだ、これは？」

私は屹立を扱き……そしてとんでもなく虚《むな》しい気持ちで手を止める。

「……どうしてしまったんだろう、私は？」

いくら仕事が忙しいとはいえ、私は二十代の健康な男だ。恋人がいない時は、当然マスターベーションをしていた。溜《た》まったものを放出するだけのこんな単純作業に、たいした時間は必要ないはずだ。

ガラスに背中を預けながら、私は必死で自分を愛撫する。

キスをされ、乳首を撫でられて勃起したのは、きっと最近触れていなくて溜まっていたからだ。こんな身体で、あんなフェロモン全開のとんでもなくセクシーな男とまた会いたくない。だから、今夜中にすべての欲望を吐き出してしまいたい。なのに……。

「チクショウ！　どうしてイケないんだっ！」

私は怒りに任せて叫ぶ。

……ああ……いったい私はどうしたというのだろう？

ヴァレンティノ・アマティ

トレステヴェレにある自分の屋敷に戻った私は、シャワーを浴び、裸の上にバスローブを羽織った格好で窓に近づく。

私の屋敷は丘の中腹にあり、煌めくヴァティカン市国の明かりと、広がるローマ市街の夜景を見渡すことができる。

私は、さっき見た、彼の様子を思い出して思わず微笑んでしまう。

私が軽く乳首を愛撫しただけで、彼はあっという間に快感に巻き込まれてしまった。

彼の頬はバラ色に染まり、誘うように開いた唇からは、速い呼吸が漏れていた。その様子は、彼が口で言うほど愛の行為に慣れてはいないことを示していた。

……あんなにクールで、セックスになど微塵《みじん》も興味ありませんという顔をして、あんなに淫らに喘ぐなんて……。

彼は瞼をきつく閉じ、煌めく涙を一筋零した。あの美しい光景を思い出すだけで、また身体が熱くなりそうだ。

……ああ……思い出すだけで、どうしてこんなに欲望を覚えるんだろう？

最初にキスをした時から、彼の屹立はスラックスの下で硬く反り返り、さらなる快感を求めるかのようにビクビクと震えていた。

思い出すだけで、胸が甘く痛む。私はため息をつき、冷たいガラスに額を押し付ける。

……抱きたい。

私は、心の底からの飢えを自覚する。

……彼を押さえつけ、しなやかな腿を押し広げたい。あたたかく濡れた彼の蕾《つぼみ》を貫き、激しく抽挿し、この欲望のすべてを彼の中に叩き付けたい。

抱き締めた時の、彼の身体の感触を思い出す。細く引き締まったウエスト、しなる背中、額に微かに浮かぶ汗。キスを奪われ、乳首を愛撫される彼は、気高い彼とは別人のようにしどけなく見えた。

私は彼の乳首を愛撫しながら、何度もキスを奪った。彼は喘ぎながら力なくかぶりを振り、私のキスからなんとか逃れようとした。そのことが私を苛立たせ、さらに激しい愛撫を施すことになったのだが。

しかし。

ギリギリまで彼を高めた時、彼は夢中の仕草で甘く舌を絡ませてきた。抵抗してみせたけれど本当は望んでいる……そう囁かれたような気がして、眩暈を覚えた。

もしも彼が許してくれたら、私は一瞬の迷いもなく彼を抱いただろう。私はそれくらい発情し、獰猛《どうもう》な気持ちになっていた。

……だが、それだけでなく……。

私はきつく目を閉じながら、本気で自覚する。

……私は、彼をこんなにも好きになってしまったんだ。

司条由人

……どうしてもイケない……。

シャワーの雨の下で、私は呆然と立ちすくんでいる。

……なのに、どうして身体がこんなに熱いままなんだ？

「……クソ、どうしてこんなことに……」

呟《つぶや》きながら、自分の屹立を見下ろす。私の欲望は痛いほどに張りつめ、何かを求めて反り返っている。

……自分の手での愛撫では感じない。だとしたら、私は、いったい何を欲しているんだ？

目立つルックスのせいか、それとも大富豪の司条《しじょう》一族の一員であることが魅力的なのか、私は今まで恋の相手に不自由などしたことはなかった。誘惑してくるのは美しい女性ばかりで、恋の相手として不足はなかった。私は彼女達との大人の関係を気楽に楽しんでいたはずだ。なのに……。

……もしかして、私はあの男に欲情しているんだろうか？

ゆっくりと手を動かして側面を撫で上げながら、彼の指の感触を思い出す。

「……っ……」

いきなり、蕩けてしまいそうな快感が私を包み込んだ。さっきと変わらない自分の手での不器用な愛撫なのに、目の前が白くなって座り込んでしまいそうだ。

……ああ……どうして、こんな……。

どんなに美しい女性とセックスをしても、こんな快感は一度も感じたことがなかった。こんなに激しく感じたのは……。

私は、乳首を愛撫したヴァレンティノの指の感触を鮮やかに思い出す。骨ばった男らしい手、長い指。指先が、私の乳首を摘み上げ、彼の手のひらがもう片方の胸をゆっくりと探むように愛撫して……。

「……う……っ」

その感触を思い出しただけで、腰が跳ねてしまう。

私がイキそうなほど感じていたことに気づいたのか、彼は獰猛に私を追い上げてきた。だが、私が達しそうになる寸前にふいに動きを緩め、焦らすように優しくなった。私は一気に放出できない苦しみと、身体の中を駆け巡る激しい熱に混乱し、喘ぎ、我を忘れて……。

……あの男とはまだ会ったばかり。そしてもちろん私はゲイではない。なのにどうしてあんなに感じてしまったんだろう……？

私は彼の指を思い出しながら、先端のスリットから溢れる先走りの蜜を指先ですくい上げる。たっぷりとしたそれを、ヌルリと側面に塗り込め……。

「……あ……っ」

……もしもあの時、彼が乳首への愛撫だけでやめてくれなかったとしたら、私はどうなっていただろう……？

私は彼の熱いキスを思い出しながら、ふと思う。

……もしも、スラックスまで脱がされ、屹立を直《じか》に愛撫されていたとしたら、私は……？

「……ん……く……っ」

全身が快感に震え、いきなり座り込んでしまいそうになる。私はシャワーの雨の下から出て、バスルームの大理石の壁に背中を押し付けて身体を支える。

「……はぁ……はぁ……」

荒い呼吸をつきながら、硬く目を閉じ、左手で屹立をゆっくりと扱き上げる。先端が痛いほど張り詰め、さらに蜜が溢れる。彼の指を思い出しながら、右手で先端を包み込み、手のひらでそっと円を描くようにして敏感な部分を刺激する。

「……すごい……」

私は後頭部を壁に預け、仰向《あおむ》いて喘ぐ。もしもマスターベーションが毎回こんなに気持ちがよかったとしたら、そのまま依存症になってやり続けてしまいそうだ。

『とてもいい顔を見せていただきました』

彼の意地の悪い声が、耳の奥に蘇る。

『……あなたはとても敏感なんですね』

とんでもなくセクシーな響きの、甘い美声。私はもう何もかも忘れて自分を愛撫し、激しい快感に身を投じて……。

「……ヴァレンティノ……」

私の唇から、勝手に彼の名前が漏れた。その瞬間、驚くほどの快感が身体を貫いた。

「……あ……っ」

背中が反り返り、先端からビュクビュクッと激しく蜜が飛ぶ。私は硬く目を閉じ、身体を震わせながら最後まで蜜を搾り出し……。

「……あ……っ」

膝《ひざ》から力が抜け、湯気でいっぱいのバスルームの中で床に座り込む。

「……ああ……何をしているんだ、私は……」

激しい自己嫌悪に襲われ、深いため息をつく。だが……身体はまだ蕩けそうな快感に痺れ、身体の奥ではまだ欲望の火がちろちろと燃えている。

……ああ……全部あの男のせいだ……。

ヴァレンティノ・アマティ

次の朝。私はどうしても我慢ができなくなって由人《よしと》に電話をかけた。朝食を一緒にとらないかという誘いに、彼はあっさりとオーケーした。昨夜のことを気にして拒絶されたら、と一晩中考えてしまっていた私は、ホッとしたのだが……。

「明日の早朝の便で、日本に戻ろうと思う」

彼の言葉に、私はカトラリーを扱っていた手を思わず止める。なぜか、心臓の鼓動が不吉に速くなる。

「私のサポートは、もう必要ありませんか？」

私は言うが、彼は答えずに優雅な仕草でカトラリーを操り、金色のオムレツをゆっくりと食べる。形のいい唇がオムレツを焼いたバターで微かに艶《つや》を帯び、不思議なほど色っぽい。

「さあ、どうだろう？　あんたはどうなんだ？」

彼は目を上げ、深い紅茶色の瞳で私を見つめて言う。私は、

「どうなんだ……というのは？」

「だから。私に付き合うことなど、時間の無駄だと思っているのでは？」

彼の迷いのない生き方を表すかのように瞳は澄み切って美しく、その視線は強い。私は射すくめられたかのように身動きができなくなる。

……もしも私が、そうだ、と言ったら、彼はどうするだろう？

私は、彼を呆然と見つめ返しながら思う。

……完璧なビジネスマンである彼は、使えないと思った人間は容赦なく切り捨てるだろう。旅先で出会った私のことなど、一瞬の躊躇《ちゅうちょ》もなく忘れるに違いない。

想像するだけで、なぜか不思議なほど空虚な気持ちになる。それどころか、そのほっそりとした手首を握り締め、私を忘れることなど許さないと叫んでしまいそうだ。

……ああ……なんという相手に出会ってしまったのだろう？

私はカトラリーを置きながら思う。

……この私が、抜け出せないほどのめり込んでしまいそうだ。

私は手を伸ばしてミネラルウォーターのグラスを取り、ゆっくりと一口飲んでから言葉を口にする。

「私は、あなたとの時間を無駄だとは思っていません」

私は彼を真っ直ぐに見つめながら、本心から言う。

「あなたのビジネスを間近に見るのは勉強になりますし、あなたという人間があの会社をどう動かすつもりかということにも、興味があります。私と私の雇い主にはあなたのために手間と時間を使う用意がありますし、あなたの役に立てると思います」

彼は何かを深く考えるかのような目で私を見つめ、そのまましばらく黙る。

……彼はなんと答えるだろう？

私は鼓動を速くしながら彼の返答を待つが……。

「……ふうん」

聞いたわりにはまったく興味がなさそうな声で彼は言う。

「……勉強ね」

本気にしていなさそうな声で小さく呟いてから、オレンジジュースの入ったグラスに手を伸ばす。

「……あ……」

目測を誤ったのか、彼の指先がグラスの脚に当たる。重いクリスタルのグラスがゆらりと傾き、私は慌てて手を伸ばす。彼の指先ごと、グラスの脚を握り締める。

「ぼんやりしていますね。どうしました？　……ああ、あまり眠れなかったんですね？」

思わず言ってしまうと、彼は驚いたように目を見開いて私を見る。

「……なっ！」

麗しい顔立ちに似合った真珠のような肌が、ふいにバラ色に染まる。彼はグラスの脚を握ったまま私の手をもぎ離し、オレンジジュースをぐびりと飲む。

「……グフッ」

慌てて飲んだせいで気管に入ったのか、彼はむせ、そのまま激しく咳《せ》き込む。思わず立ち上がろうとした私を、彼が手で止める。

「だ、大丈夫だから……ゴホゴホッ！」

まだ咳き込む彼に、ポケットから出したハンカチを差し出す。彼はそれを受け取って口元に当て、しばらく苦しそうに咳《せき》を続ける。

「慌てて飲むからですよ。子供のような方だ」

私が言うと、彼はとても悔しそうな顔になる。

「やかましい！　放っておいてくれ！」

言いながら、ハンカチを私の胸に投げつける。

「おまえが勝手に貸したんだ！　礼は言わないぞ！」

私はハンカチをポケットに入れながら、必死で笑いをこらえる。

……まったく、なんて人だ。

そっぽを向いた彼の不機嫌な顔はまるで照れた少年のようで……私の胸が熱くなる。

……私は本当に変だ。いくら美しいとはいえ、同じ男である彼を、可愛いなどと思ってしまっている。

「日本に戻るのはどのくらいの期間ですか？」

私が言うと、彼はそっぽを向いたまま、

「会議があるのは明後日。その後は雑用を片付ける」

「では、最速でお戻りください。私はお待ちしています」

私が言うと、彼は驚いたように目を見開く。

「待つ？」

「はい。それとも、日本までついて来て欲しいですか？　あなたを一人で行かせるのは少し心配ではありますね」

私が微笑んでやると、彼はまた照れた少年のような怒った顔になり、

「子供じゃあるまいし、失礼なことを言うな！　日本では両親のいる屋敷に戻るし、可愛い弟の隼人と過ごしたい！　ついて来てもおまえと観光する時間など一秒もない！」

「わかりました。では今日の予定は？」

「予定？　別にない。いつでも出発できるように準備はしてあるし」

「では、今夜の出発の時間まで観光をしませんか？」

私の言葉に、彼はとても驚いたように目を見開く。

「観光？」

「以前、観光などしたことがないと言っていたでしょう？　ローマをご案内します」

私の言葉に彼は驚いた顔のままで動きを止め……それからふいに言う。

「何が目的だ？」

毛を逆立てて警戒する猫のような様子に、思わず笑ってしまう。

「もちろんあなたのキスが目的ですよ。そう言えばいいですか？」

「いちいちムカつく男だな」

本気で不愉快そうな顔で言われて、また笑ってしまう。

……なんというか……この正直すぎるところがなぜかとても可愛い。

「わかりました。キスは強制しません。……ローマは素晴らしい場所だ。ビジネスだけして帰るにはもったいない。見るべき場所がたくさんありますから」

私が言うと、彼はまだ警戒を緩めていない顔で睨んでくる。

「強制しないと言った言葉を忘れるな」

わざと渋顔を作りながら言うが、その瞳は興味深げに煌めいている。本当に……何から何まで猫のような人だ。

……彼に、心から笑って欲しい。

私は彼を見つめながら思う。

……それだけでなく色っぽい泣き顔も見たいところが……私には、少しSの気があるのかもしれないが。

司条由人

「今日一日、いかがでしたか？　少し急ぎすぎたでしょうか？」

ヴァレンティノの言葉に、私は大きくうなずく。

「ああ、急ぎすぎだ。今度来る時にはもっとゆっくり案内してもらわないと……」

私は言いかけ、それから「今度」などというものがないかもしれないことにハッとする。

「ああ、いや……もっとゆっくり休暇を取らないと」

私の言葉に彼は小さく微笑み、それからシャンパンのグラスを上げる。

「気に入ってくださったのならなによりです。……乾杯は何にしましょうか？」

私はグラスを上げて言う。

「もちろん、美しいローマに」

彼は私の目を見つめながら微笑み、シャンパンを飲む。グラスを支える美しい指、グラスに触れた唇。そして小さく上下するその男らしい首筋のライン。それを見るだけで、鼓動が速くなってしまうのを感じる。

……ああ、私はどうかしている。

今日一日、二人で過ごしてみて、私はよく解った。私は何かというと彼に見とれ、そしてそのたびに鼓動を速くしていた。

……彼がいくら美しい男とはいえ、どうして私はこんな反応をしてしまうんだろう？

私達は、ローマ市街を見渡せるレストランにいた。美しくライトアップされたサンタンジェロ城、その向こうに広がるローマの夜景。見ているだけでまた去りがたくなる。

今日一日で、私達はヴァチカン美術館とサンピエトロ寺院、トレビの泉とコロッセオ、さらにサンタンジェロ城までを駆け足で巡った。初めての観光なので私がリクエストをしたせいではあるが……観光する場所だけでなくローマの街自体が素晴らしかった。

「今までローマにまで来て仕事しかしていなかったことを、本気で後悔している」

私は夜景を見渡しながら思わず呟く。

「また、いくらでもご案内します。……もしもその機会があれば」

低い声で付け加えられたその一言に、なぜかズキリと胸が痛む。

……もしもフェリーニ社とのM&Aが成功したとしても、彼とまた会えるとは限らない。

私は彼の素性すら知らないのだから。

そう思ったら、なぜかますます胸が痛む。

……ああ、本当に私はどうかしている。

すっかり慣れてしまった仕草で、ヴァレンティノがカードキーをスロットに差し込む。ドアロックを解除し、私のために大きくドアを開いてくれる。

「コーヒーでも飲んでいってくれ。観光ガイド代だ」

私は言いながら、彼の脇をすり抜けて廊下に入る。後ろから入ってきた彼が、ドアの脇のホルダーにカードキーを差し込む音がする。ホルダーはスイッチにもなっていて、カードキーを入れれば室内の明かりが一斉に点灯する仕組みだ。闇《やみ》に沈んでいた廊下に、蠟燭《ろうそく》のような明かりが灯《とも》る。それは廊下の天井から下げられた小型のシャンデリアで、眩《まぶ》しくないように、最初はほんのりとしたオレンジ色の光を放ち、それからゆっくりと明るくなるのだが……。

廊下を歩き出そうとした私は、後ろから腕をつかまれて驚いて振り返る。

「……え？」

薄明かりの中、彼がスロットからカードキーを引き抜いたのが見えた。スイッチをオフにされたシャンデリアの光がゆっくりと暗くなっていく。

「何をふざけている？」

暗闇に沈む寸前、彼の端麗な顔に微かな笑みが浮かんだのが見えた。それは見とれるほど美しく、しかし背筋がゾクリとするほど獰猛で……。

まるで危機を察した小動物のように、私の鼓動が速くなる。

「なんなんだ？　こういう冗談は……」

腕をグッと引き寄せられ、そのまま抱き締められる。廊下は漆黒の闇に沈み、私が感じているのはヴァレンティノの身体の感触だけ。頬が押し付けられた胸は逞しく、鼻腔をくすぐる彼のコロンは意識が飛びそうなほど芳《かぐわ》しい。

「冗談ではありませんよ」

ふいに風が起こって身体が離れ、私の襟元《えりもと》に彼の手が触れてくる。彼の手のひらが首筋をゆっくりと撫で上げ、指先が耳たぶをくすぐった。

「……っ」

感じたのはくすぐったさだけでなく、不思議なほどの甘い快感だった。私は驚いて息を呑《の》み、必死で身体を引こうとする。

「だから、ふざけるなと……あっ」

彼の左手が腰にまわり、驚くほどの力で引き寄せる。

引き寄せられた拍子に、私の中心が彼の腿に押し付けられた。鍛え上げられた筋肉の硬い感触に、なぜかびくりと欲望が反応する。

「離せ！　もう寝ないと、明日起きられなくなるから……！」

「大丈夫。モーニングコールをしますから」

暗がりの中に、彼の美声が囁く。聞き惚《ほ》れるような美しい響き、完璧な英語の発音、上品な言葉遣い。なのに、まったく考えが読めない。

「暗がりで聴くと、あなたの声はますます美しいな」

彼が言い、大きな手で私の喉を包み込む。暗がりでそんなところに触れられるのは、とても怖い。このまま声が出ないように喉を潰《つぶ》されるのではないかという考えと、もっと淫らなことをされてしまうのではないかという疑いが入り混じり、身体を震えさせる。

「何をそんなに脅えているのですか？　暗がりが怖い？　それとも私が？」

彼の指が顎《あご》にかかり、私の顔が仰向けられる。

「べ、別に脅えてなど……ん……っ」

言いかけた私の唇が、ふいに彼の唇でふさがれた。

「……んん……っ」

見た目よりも柔らかい彼の唇は驚くほどセクシーな感触で……私は、彼に愛撫されたあの時のことを鮮やかに思い出してしまう。

それだけで高ぶりそうになり、私は必死で顎を支えた彼の手を掴む。彼の手をもぎ離すようにして顔を背け、そのキスから逃れる。

「やめろ！　あんたにキスをされる理由が……あ……」

彼の両手が私の両頬を包み込み、どうしても逃げられなくなる。そのまま顔が近づいて、もう一度キスを奪われる。

「……んん……っ！」

彼の指が、私の両方の耳たぶをくすぐった。身体にゾクリと戦慄《せんりつ》が走り、座り込みそうなほどの快感を感じてしまう。

……ああ、こんなところが、こんなに感じるなんて……！

力が抜けてしまった上下の歯列の間に、彼の舌が強引に割り込んでくる。

「……あ……んん……っ」

彼の舌が私の舌をすくい上げ、セクシーに舐め上げる。クチュ、という淫らな水音が響いて、身体がさらに熱くなる。

……ああ、どうしよう……？

私はもう抵抗できなくなりながら思う。

……キスだけで、またこんなふうに勃起してしまうなんて……！

私の屹立は、痛いほど硬くなってしっかりと勃ち上がっていた。愛撫された時の快感を思い出すかのように、先端から浅ましく先走りが溢れて下着を濡らす。

「……んん……っ！」

彼の舌が私の舌を愛撫し、その動きに合わせて屹立がヒクヒクと震える。あと少し腰を引き寄せられたら、屹立をまた硬くしていることがすぐに知られてしまうだろう。

……これでは、まるで、彼の愛撫を待ち焦がれているかのようじゃないか……！

自分の反応のあまりの恥ずかしさに、気が遠くなりそうだ。

……同じ男に強引に愛撫された。怒ってもいいはずなのに、どうしてこんな……。

私が混乱している間に、彼の唇がゆっくりと離れた。とても深く繋《つな》がっていたことを示すように、二人の唇の間を銀色の糸が繋ぐ。

彼は小さく微笑んでもう一度軽いキスをし、そしてなぜかどこかつらそうな顔で私を見下ろしてくる。彼のその表情に気づいた私は、やっと冷静になる。

……キスをしておいて、なんなんだその顔は？　暗がりでキスをしたはいいが、相手が私であると思い出して白けたのか？

「これはなんの代償だ？　ガイド代か？」

私は彼をにらみつけながら言ってやる。意外なことに彼は、なぜか寂しげに笑う。

「もちろんそうです。誇り高いあなたが、それ以外でキスをさせてくれるわけがない」

……え……？

私が呆然としている間に、彼はあっさりと踵《きびす》を返す。

「……どういうことだ？　何かの代償ではなく、私にキスをしたいということか？」

私は、彼の後ろ姿に向かって思わず聞いてしまう。彼はゆっくりと振り返り、それからやはりどこかが痛むかのような顔で苦い笑いを浮かべる。

「そうですね。このごろ私はあなたのことばかり考えてしまう。あなたのオーラにやられてしまったようです。……そういう男は、きっと珍しくないと思いますが」

そして、いつものようにあっさりと踵を返す。

「ちょっと待て！」

私はなぜか、彼のことを引き止めてしまう。

「意味が解らない。ルームサービスでコーヒーを頼む。きちんと説明してくれないか？」

「いいえ」

彼は振り返らないままで言う。

「感じたあなたの姿を忘れられない。二人きりだと、最後まで奪ってしまいそうです」

そしてあっさりと姿を消すが……そんなことを言われたら気になるじゃないか！

◆

M&Aの方針を固めた私はいったん日本に帰り、本社でフェリーニ社の買収について発表した。取締役の一部からは「あの会社は取締役と技術者が一枚岩だという評判だが？」と心配する声も出たが、私が内情を話すと彼らも納得してくれた。

「兄さん、お帰りなさい」

会議の後。歩み寄ってきた隼人が、眩《まばゆ》い笑みを浮かべて言う。ふんわりとあたたかなオーラ、見るものすべてを癒してくれるようなその優しい視線。

……ああ、私はこの美しい弟が本当に好きだ。

「ただいま。おいで、隼人」

私は隼人に向かって両手を差し伸べ、照れたような笑みで近づいてきた彼の身体をキュッと抱き締める。ほっそりとして柔らかな身体、子供のように高い体温。隼人の触れ心地はいつでもとても心地がよく、私は子供の頃からこうして弟を抱き締めるのが大好きだった。

「ああ……おまえを抱き締めると本当にホッとするよ」

隼人の髪に頬を埋《うず》めながら、私は深いため息をつく。隼人の髪は柔らかく、いつも日向《ひな》ぼっこをしていた猫のような明るい太陽の香りがする……はずなのだが……？

「……ん？」

私は顔を上げ、隼人の顔を覗き込む。

「いつもと違う香りがする。コロンでもつけ始めたのか？」

隼人の身体から、いつもの芳香だけでなくやけに大人びた香りがした。爽やかな柑橘系の後に、ジンに似た針葉樹の香りが微かに混ざっている。いい香りだが、何か違和感がある。

……どこかで、嗅《か》いだことのあるような？

「あ、いや、そうじゃなくて……っ」

隼人はとても慌てたように私の腕の中を擦り抜ける。その頬がバラ色に染まっていることにドキリとする。

「昨夜は忙しくて遅くなったから、この近くのホテルに泊まったんだ」

その言葉に、私は血の気が引くのを感じる。

「ホテル？　ちゃんとしたホテルなのか？　セキュリティーのしっかりしていない安ホテルになど泊まったら、おまえのような可愛い子には何が起きてもおかしくない！　ただでさえ、日本の治安はアメリカ並みに悪くなって来ているというのに！」

私は思わず隼人の両肩を摑む。

「それに、屋敷に帰っても大して時間はかからないだろう？　疲れているならリムジンの中で寝てしまえばいいんだし」

私が言うと、隼人はなぜかさらに赤くなって言う。

「そ、そうだよね。でも夜中に電話して運転手を起こすのは悪い気がして」

「何を言ってる？　そのために専属運転手を雇ってるんだろう？　どうして遠慮なんか
……」

「由人」

私の言葉を、低い男の声が遮る。そちらに目をやると、隼人の部下になった私の悪友、塔《とう》馬《ま》一彰《かずあき》が立っていた。

「隼人には私がついていたから心配しなくていい。昨夜、隼人はマンダリン・オリエント・トーキョーのスイートに泊まらせた。セキュリティーの面ではまったく問題ない一流ホテルだし、私も一緒に泊まって朝食もきちんと食べさせた」

その言葉に、私はホッとため息をつく。

「それならよかった。ご苦労だったな。……おまえと隼人、二部屋分の料金は私のポケットマネーから出す。秘書室に請求してくれ」

「……二部屋分……？」

隼人が、なぜか不思議そうな顔で言う。私はいぶかしく思いながら、

「どうした？　まさかあいつと同じ部屋に泊まったりしていないだろうな？　まあ、ほかの男ならともかく、こいつがそんなことをするとは思えないが」

言うと、隼人はとても慌てたように何度もうなずく。

「う、うん。もちろん別の部屋だよ？　そうじゃなくて……ええと……ともかく部屋代は出してくれなくても大丈夫。仕事が長引いたのは自分の責任だし、オレだってもう社会人。ちゃんとお給料もらってるんだから」

隼人の言葉に、私は本気で感動してしまう。

「隼人、子供だったおまえがそんなしっかりしたことが言えるようになったなんて」

私は手を伸ばして再び隼人の身体を抱き締め、その髪に頬を埋める。

「おまえを入社させるために駆け落ちの芝居までした甲斐《かい》があった。感動したよ」

「兄さんったら。オレをそんなに甘やかしたらダメだってば……それより……」

隼人はふいに私を見上げ、少し心配そうに言う。

「兄さん、もしかして疲れてる？　仕事が忙しいの？　無理はしていない？」

「無理？」

私は不思議に思いながら聞き返す。

「どうして？　顔色が悪いか？」

私は、慌てて自分の頬に触れながら言う。昔から血圧が低い私は、きちんと気をつけていないとすぐに血の気が引いて蒼白《そうはく》になる。ひどくすると気分が悪くなって倒れる。タフなビジネスマンを理想とする私は、自分のこの体質がとても恥ずかしい。できるだけ無理をしないように、いつも気をつけているのだが……。

「そうじゃなくて、会議中に少しぼんやりしていたみたいだから、珍しいなって」

隼人の言葉に、私は驚いてしまう。

隼人は昔から、やんちゃで、人懐こく、いかにも末っ子らしいおおらかな性格をしている。だが、人の感情の動きや体調に実はとても敏感だ。感情の起伏も体調の悪さもすべて隠そう

とする私のことをよく解ってくれていて、私よりも先に変化に気づいてくれたりする。

……ぼんやりしていた？

私は会議中の自分のことを思い出し……それから一人で動揺する。

……そういえば、自分の報告が終わった後、ずっとヴァレンティノのことばかりを考えていたような……。

「あ、でも、顔色が悪いとかじゃないよ。むしろ……」

隼人は私をまじまじと見つめ、それからなぜか恥ずかしそうに目をそらす。

「むしろ……続きはなんだ？　気になるじゃないか」

私が言うと、隼人は動揺したように瞬《まばた》きを早くする。それから、

「ええと、こんなことを言ったら叱《しか》られるかもしれないけど……なんだかますます色っぽくなったみたいな……」

その言葉に、私はドキリとする。

……色っぽい、だと……？

ふいにあのヴァレンティノの顔が脳裏をよぎり、さらに鼓動が速くなる。

……いや、別にあの男のことは関係ないはずなのに……どうしてこんなふうに動揺してしまうんだろう？

「そういえば」

塔馬が、ふと何かを思い出したかのように言う。

「お前が日本に戻ると言ったら、将彦《まさひこ》が『それなら今夜は忍んで行くかな』と言っていた」

将彦というのは私と塔馬の学生時代からの悪友、早川《はやかわ》将彦のこと。政治家や芸能人が利用することで有名な豪華な病院、聖アンドレアス病院の院長の御曹司。いちおう地位も名誉もある立場だと思うが、私をずっと口説き続けている。ちょっかいを出してきてはいつも私に撃退されているただのヘタレだが。

「来るなと言っておけ。私は忙しいんだ」

私の言葉に塔馬は肩をすくめる。

「面倒だから自分で断れ。だが、心ここにあらずだったのは本当だろう。調子が悪いのなら、ついでに看てもらった方がいい。あれでも世間では名医といわれているらしいから」

「あいつが名医？　世も末だな」

私の言葉に隼人も塔馬も苦笑するが……私は二人から言われたことが気になっていた。

……私は……そんなにおかしいだろうか？

◆

『それで？　可愛い弟さんとの時間は楽しまれましたか？』

電話の向こうから聞こえてきたヴァレンティノの低い声に、なぜか不思議なほど安心する。

「楽しんだ。私の隼人は本当に可愛いし、隼人との時間は最高に幸せだ」

私が言うと、彼は電話の向こうで小さく笑う。

『なのに、わざわざ私に電話を？　弟さんともっと一緒に過ごさなくていいんですか？　そんなに私の声が聞きたかったですか？』

思わず電話をしてしまったことをからかわれた気がして、私は一気に頭に血が上る。

「やかましい。隼人は明日も仕事があるのでもう寝かせた。綺麗な顔に寝不足のクマでもできたら大変だ」

『なかなかのブラコンですね。あなたの弱点は可愛い弟さんというわけだ。覚えておきます』

意味ありげな言葉に、私はさらに苛立《いらだ》ちを覚える。

「隼人に何かしたら殺す。それもきちんと覚えておけ」

『そんなに感情的になるなんて、あなたらしくないな。そうとう弟さんが大切らしい。……でも、あまりノロケると嫉妬《しっと》されますよ』

その言葉に、ドキリとする。

「嫉妬？　誰が、誰に？」

『もちろん私が、あなたの弟さんにですよ』

彼は冗談なのか本気なのか解らない声で言う。だがその声は聞き惚れそうな美声で、ひそめた感じがやけにセクシーで……。

……だから、どうしてこんなに鼓動が速くなるんだ？

「なぜおまえが隼人に嫉妬するんだ？　意味がわからない」

慌てて言うと、電話の向こうで彼はクスリと笑う。それから、

『それより……仕事は順調ですか？』

「もちろん順調だ。今日の会議で、フェリーニ社買収の首尾を報告した。私の計画は完璧だし、私の方針に逆らえる取締役はいない」

言うと、彼は声に笑みを含ませて、

『さすがです。……では、いつ頃こちらに戻れますか？』

その言葉に、さらに鼓動が速くなる。暗がりで囁かれた時のことを思い出し、頬まで熱くなってしまう。

「報告は明日いっぱいかかる。その後、私の交渉中に本社の取締役達が会議で意見をまとめるはずだ。早ければ明後日の朝には日本を離れられる」

私は正直に言ってから、ふいにとても悔しくなる。

「だが、可愛い隼人にやっと会えたのだから、しばらく日本を離れたくない。二人の時間をもっと楽しんでから……」

『いけない人だな。そんなに私に嫉妬させたいですか？』

彼の声は落ち着いていて上品な無感情だったが……さっきよりもさらに低くてセクシーに聞こえた。まるで私に深いキスをした時のようだ。

『また、ひどいことをされますよ？』

彼の低い囁きが、私の全身をゆっくりと痺れさせる。

「おまえはいつも冗談ばかりだ。どうせ今夜も私をからかっているんだろう？」

私は動揺を隠すためにわざと冷たい声で言う。

『私はいつでも本気です。そうやってあまり煽《あお》ると、大変なことになりますよ』

……もしも本気で怒らせたら……彼は私に何をするのだろう……？

思うだけで、身体が小さく震えてしまう。

……そして私は、どうなってしまうのだろう……？

『明後日の朝ですね？』

人の気も知らず、彼は平然と言う。

『あなたの名前で飛行機の予約を取っておきます。何時なら空港に向かえますか？』

強引な言葉。なのに憎らしいほど穏やかな口調で、彼が言う。

……どうしよう？　誰かに敵《かな》わないと思ったのは生まれて初めてだ……。

私は震えるため息をつきながら思う。

……しかも問題なのは、私がそれを不愉快に感じていないことだ……。

「面倒だ。一番早い便でいい」

私の唇から、勝手に言葉が漏れる。彼が電話の向こうで満足げに笑う。

『いい心がけです。……エアラインと席のご希望は？』

「任せる。……明日の夜、また電話する」

『わかりました。……おやすみなさい。私とのキスの夢をみていいですよ』

とんでもないことをあっさりと言って、言い返す間もなく電話が切れる。私は携帯電話を握り締めたまま、しばし呆然とする。

「……なんなんだ、あの男……！」

私は呟いて、乱暴に携帯電話のフリップを閉じる。

『わたしはいつでも本気です』という彼の言葉が耳に蘇る。

「……嘘をつけ！　意地悪野郎！」

私は悪態をつき、携帯電話をソファに乱暴に投げる。そして……自分が不思議なほど昂ぶってしまっていることに気づいて絶望的な気分になる。

「……悔しい……どうしてあんな男に……！」

思わず呟いて唇を嚙むが、熱くなった身体はこのままではどうしても収まりそうにない。

「……クソ……！」

私は舌打ちをして部屋を横切り、ベッドルームに入る。そのまま歩き抜けて、バスルームに飛び込む。脱衣室で服をすべて脱ぎ捨て……鏡に映った自分を見て愕然《がくぜん》とする。

……今の私は、いつもの自分とは別人のようだ……。

いつも鏡に映るのは、きつい目をした神経質そうな男。顔は整ってはいるが表情は硬く、貧血で少し青ざめ、不機嫌そうに眉を寄せている。なのに……。

……どうしたというんだ……？

今の私は、今まで見たこともないような表情をしている。驚いたように見開いた目は色っぽく潤み、頬はあたたかなバラ色に染まっている。形のいい唇は柔らかく開き、美しい艶を帯びている。自分が隼人に似ているとは今まで思ったことがなかったが……こんな無防備な顔をすると、私は美しい弟によく似ていて……。

私は自分の顔に呆然と見とれ、それからゆっくりと視線を落としてみる。

風呂で見たことのある隼人の身体は、まだどこかに少年の面影を残していた。それに比べれば私の身体は大人だが……男にしてはあまりにも線が細すぎる。

……もっと逞しければ、こんなふうに悩むこともなかっただろう。もしもあの男のように男らしかったら……？

あの男の腕に抱き締められた時の感触が、ふいに蘇る。

「……あ……」

私は全身を走った不思議な痺れに、思わず小さく声を上げる。

無駄な肉の一切ついていない彼の身体は、スーツに包まれている時にはすらりと都会的だ。しかし完璧に鍛えられている証拠にその胸と腕は逞しく、とても力強かった。

そして私はどうしても我慢できずにまたマスターベーションをしてしまう。しかもやはり絶頂の瞬間に浮かんでくるのはあの男のことだった。私は彼の唇を思い出し、自分を愛撫しているのが彼の手であることを思い描き……。

「……ヴァレンティノ……」

名前を呼んだ時、私の脳裏をよぎったのは、今までとは違う光景だった。彼は私を組み敷き、私の脚を広げて……。

「……アアッ！」

先端から、恥ずかしいほどたくさんの蜜が迸《ほとばし》った。

……偶然ではない。私は、彼に抱かれることを想像しながら絶頂に達した。

私は激しい自己嫌悪に陥りながら思う。

……私は、いったいどうしてしまったんだろう？

◆

シャワーを浴びた後。パジャマに着替えた私はどうしても眠れず、ガウンを羽織って屋敷の厨房《ちゅうぼう》に下りて酒が保管してある棚を開いた。彼が飲んでいるのを見たことがあるマッカランがあることに気づき、その瓶《びん》とグラス、それに氷を満たしたアイスペールを持って温室に向かった。普段ならリビングでのんびり飲むところだったが、こんな顔を隼人や両親に見られたくなかった。

私は温室に置かれたカウチに座り、乱暴に作ったオンザロックをやけくそで飲み干し……そしてそのまま眠ってしまい……。

「……ヨシト。こんなところで寝ていたら風邪を引くよ」

耳元で囁くヴァレンティノの声に、いつローマに戻ってきたのだろう、と思う。

……違う、これはきっと夢だ。だから、何を言ってもいいんだ……。

「……本当は、おまえのことをずっと好きだったみたいなんだ」

私は彼の身体に腕を回し、その耳に囁く。ずっと心の奥に隠していた言葉が、夢の中ならこうして素直に言える。

「……私は、どうしてもおまえに発情してしまう。仕事も手につかない。おまえのせいだ。どうにかしてくれ……」

「……本当にいいのか？　夢みたいだ……」

彼が囁き、私の首筋に乱暴なキスをする。彼の指が性急にガウンをはだけ、パジャマのボタンを外そうとして、しかしあの夜とは違ってどうしても外せない。

「……ああ、クソ！　そんなことを言われたら、我慢できない！」

彼らしくない悪態、そして私のパジャマが乱暴に開かれ、ボタンが一気に弾け飛ぶ。

「俺だって、ずっとずっと我慢してきたんだ！　愛してるんだ、由人！」

……ああ……私はついに彼に抱かれるのか……。

私は目を閉じたまま、呆然と思う。

……とても不思議なことに嫌ではなく、私はそんな自分に驚き……。

「ああ、なんて綺麗なんだろう？　これが夢にまで見た由人の身体か！」

……え……？

私は夢の中の彼の台詞《せりふ》が、現実のイメージとあまりに違うことにやっと気づく。そして
……自分が夢を見ているのではなく、本当に誰かにのしかかられていることに気づく。

「えっ？」

慌てて目を開けると、そこにはいつも私を口説いてくる悪友の医者……将彦がいた。

「将彦？　どうしてここに？」

「塔馬に、忍んでいくという伝言を頼んだ！　来るなといわれるかと思ったけれど連絡がないし、ということは来てもいいのかと……」

私は酔った頭をめぐらせ、塔馬が言っていたことをやっと思い出す。

「ああ……そういえばそうだったな。おまえのことなどすっかり忘れていた」

「はあっ！」

将彦は愕然とした顔で言う。

「嘘だろう？　さっきの口説き文句はなんだったんだ？　めちゃくちゃ色っぽかったし！」

私は自分の身体を見下ろし、パジャマがはだけられていることに気づく。舌打ちをして立ち上がり、呆然としている将彦の頬に本気の右ストレートを叩き込む。

「ぐわっ！」

将彦が叫んで、二メートルほど吹き飛ぶ。よく茂った熱帯植物の幹に頭をぶつけ、そのまま根元にへたり込む。

「植物が傷むだろうが、倒れるなら場所をわきまえろ」

私は彼に近寄り、スリッパを履いた足で、彼の胃の辺りを踏みつけながら言う。

「こんどやったら本気でぶち殺す。いいな？」

足先に体重をかけて睨み下ろすと、相手は呻《うめ》き、怯《おび》えたようにうなずく。私が足をどけると、彼は鳩尾《みぞおち》を押さえながら立ち上がって、

「やっぱり寝ぼけていたのか。やけに色っぽいから誘われているのかと……もしかして……」

言いかけて、急に驚いた顔になる。

「もしかして、誰か好きな男ができて、そいつと俺を間違えたとか？」

その言葉に私はドキリとする。

「やかましい！　さっさと帰らないと今度はアバラをへし折るぞ！」

本気で怒鳴ると将彦はおびえたように退散するが……ヴァレンティノとの夢に感じてしまった身体の疼《うず》きは止まらない。

……ああ、私はいつの間にか、あのヴァレンティノという男のことが……？

あんな男に惹《ひ》かれるなんて、私らしくもない。しかも私はあの男のプライベートを一切知らない。もしかしたら妻子持ちかもしれないじゃないか。

そう思ったら、不思議なほどにつらくなる。そして私は苦い気持ちで自覚する。

……私は……あのヴァレンティノという男を、愛してしまったんだ。

◆

司条グループ内でのM＆Aに関する話は順調にまとまり、次の会議で取締役全員の承諾を得られれば、なんとかプロジェクトを進められそうだ。私はヴァレンティノに連絡をし、彼にそのことを報告する。

「こちらは問題ないし、条件もほぼ固まった。ただし、あちら側の取締役達をうなずかせることができれば、だ。専門家を雇って彼らの身辺が怪しいことは突き止めたのだが、証拠がどうしてもつかめない」

『それなら』

ヴァレンティノは、電話の向こうでクスリと笑う。

『現社長の専属秘書に証言をさせましょう。秘書ならすべてを知っているはずです』

彼の言葉に驚いてしまう。

「そんなことができるのか？」

以前、ジム・エリントンがパーティーにやたらとセックスアピールの強い金髪美人の秘書を連れてきたことがある。社交界ではゲイを隠すための隠れ蓑《みの》だという噂も流れたが……彼女が秘書であることは間違いなかったらしい。あの彼女に、そんなことをさせられるとはとても意外だ。だが……。

「秘書なら証拠を揃《そろ》えることも容易だろう。ぜひ頼みたい」

『わかりました。ですが……私が請求する代償は高いですよ』

彼の声が獰猛に低くなり、鼓動が速くなる。

『あなたの身体が欲しいと言ったらどうします？』

その言葉に、不思議なほど身体が熱くなる。

「……好きにすればいいだろう？」

『仕事のためなら男に抱かれてもいいんですか？　あなたは本物のビジネスマンだな』

彼は、真意の読めない声で囁いてくる。

『代償は成功した時まで取っておきましょう。あなたがローマに到着するまでに、内部告発の資料をまとめさせます』

一世一代の告白のつもりがあっさりと聞き流されて、私は愕然とする。

……やはりこの男は私に対してなんの感情も持っていないに違いない。

そう思ったら、不思議なほどの寂しさに襲われる。

……いや、そんなことを考えている場合ではない。私を信頼してくれたマリオ・フェリーニ氏やあの会社のデザイナー達のためにも、今は集中しなくては……。

◆

「……完璧だ」

資料から顔を上げた私は、思わず呟く。私の前に立っていたヴァレンティノが、にっこりと微笑む。

「そう言っていただけてなによりです」

M&Aに関わるプロジェクトチームのメンバーと共にローマに戻った私は、すぐにホテルに向かい、そしてヴァレンティノに部屋に来るように伝えた。彼はすぐに現れ、私は彼がまとめてくれた会議用のプレゼンテーション資料の見事さに驚いていた。

「本当なら……」

私は彼の顔を見上げながら言う。

「社長の近くにいる人間と一度話をしておきたかった。例えば、本社の第一秘書とか。……ほかの会社の取締役から聞いたが、社長のそばにはとんでもなく優秀な秘書がついているという噂だ。社長だけならたいして心配はしないが……あちらのスタッフが奥の手を出してくるのが心配だ」

私の言葉に、彼はチラリと笑ってみせる。

「社長に疑われたらそれだけ危険が増します。これくらいが限界でしょう」

彼の言葉に、私は渋々頷く。

「わかった。……十五分後にここでミーティングを開く。ほかの部屋のメンバーに電話で連絡をしてくれないか？」

「了解しました」

彼は言ってサイドテーブルの電話の受話器を上げ、部屋番号を押す。彼がすべてのメンバーに電話をかけ終えたのを見届けてから、私は書類から顔を上げて彼を見る。

「ほかのメンバー……さっき言った十五人の部屋を暗記しているのか？　続き部屋の予約が取れなかったので、部屋番号はランダムだったはずだが？」

彼はチラリと眉を上げて、平然とした声で言う。

「ええ、暗記しました。メモを見る時間がもったいないですから」

私は少し考え……それから本心から言う。

「……おまえが、私の秘書ならいいのに」

彼は少し驚いたようにわずかに目を見開き……それからやけに優しい顔で笑う。

「百戦錬磨のビジネスマンとして知られたあなたに、そんなことを言っていただけるなんて。本当に光栄です」

軽く受け流そうとする彼の言葉に、私は不思議なほど強い苛立ちを覚える。

「礼はいい！　そうではなくて……！」

「あなたの下で働きたいと言わせたいですか？」

真っ直ぐに見つめられ、私はたじろいで目をそらす。

……ああ、どうしてこの男は人の心を見透かすようなことばかり言うのだろう？

「……別にそんなことは……」

「失礼、今はそんな話をしている場合ではありませんね」

彼が私の言葉を遮り、私はうなずく。

……そうだ、まず戦いに勝たなくては。その先のことはまたその後だ。

私は気持ちを引き締め、手元の資料にもう一度目を落とす。

……相手側との交渉では一歩も引かず、完全に勝つ……それが私のやり方じゃないか。

私は資料を読み返すことに集中し、部屋に響いたチャイムの音にハッと我に返る。

「私が」

ヴァレンティノが言って、部屋を出て行く。私は、私の手元にあるものと同じ資料が十五人分、それぞれの席の前にきちんと置かれていることに気づく。資料ファイルの隣には、私がよく飲んでいるメーカーのミネラルウォーターの小瓶まである。この会議が長丁場になることを見越したような用意のよさだ。

……本当に、何から何まで気の利く男だ。

部屋には三々五々メンバーが集まり、私はミーティングをすすめる。それに参加していたヴァレンティノの発言があまりにも的確で、やはりこの男はただものではないと思う。

……本当に、彼はいったい何者なのだろう？

◆

「このままでは、あなたの会社は確実に倒産します」

私は広々とした会議室を見渡しながら言う。

あのミーティングの日から三日。ここはフェリーニ社のローマ本店の会議室だ。

司条グループがM&Aのために動いているという噂は伝わっていたのか、取締役全員とのアポイントメントはすぐに取れた。

「社員、そして今までの歴史と伝統を守りたいのなら、わが社と手を組むのが一番だと思いますよ」

一人一人の顔を見渡すと、取締役達の顔は青ざめ、視線は落ち着きなくさまよっている。彼らは私の向かい側に座った社長を何度も見ているが、社長は彼らから目をそらすように虚空を見つめたままで動かない。

「繰り返すようですが、私はフェリーニ社のファンですし、あなたの会社の価値は昔ながらの伝統的な仕事の仕方にあると思っています。社内ではできる限りのコストカットをはかりますが、製品を作る過程には口出ししないことはお約束します。フェリーニは、今までと同じ希少価値の高い、素晴らしい車を作り続けることができるでしょう」

私の言葉に、取締役の数人がホッとため息をつく。だが……。

「歴史あるフェリーニ社を、売り渡すことなどできない！」

怒りに満ちた顔で立ち上がったのは、社長だった。彼は私を睨みつけながら叫ぶ。

「極東の小国でのし上がった成金風情が、歴史あるわが社を乗っ取ろうなど笑止千万だ！このハイエナが！」

私の隣に座った父が、拳を握り締めて立ち上がりそうになる。私は手を上げてそれをそっと止める。家族思いの父は、成金と言われたことよりも私が蔑《さげす》みの言葉をかけられたことに怒ったのだろう。だがハイエナなどというオリジナリティのない罵声《ばせい》はすでに聞き飽きていて、私にはなんのダメージにもならない。

「なんとでもおっしゃってください。ただ……」

私は冷静なままの声で言い、彼を真っ直ぐに睨み返す。

「歴史あるフェリーニ社の頂点に立つあなたなら、自分が背負っているものの大きさにすでにお気づきでしょう。世界中に何万人といる社員達が、あなたの一存で路頭に迷うことになる。そして……世界中のファンは、フェリーニの車に二度と乗れないことを心から残念に思うでしょう」

ずらりと並んだ取締役をゆっくりと見渡す。社長以外の取締役達は苦しげな顔で黙り込み、時たま隣の人間とちらりと視線を交わしている。彼らはきっとすぐに落ちる。しかし……。

「は？　社員？　ファン？　知ったことか！」

社長が嘲笑《ちょうしょう》を含んだ声で叫び、取締役達がぎょっとしたように彼を見上げる。社長は狂気を含んだような笑みを浮かべて、さらに叫ぶ。

「フェリーニ社は私のものだ！　絶対に渡さない！　銀行も、まだまだ融資を続けるはずだ！　騙《だま》そうとしてもそうはいかないぞ！」

彼はそこでふいに声を落とし、芝居がかった顔で言う。

「それに、おまえの会社が今までにどんなことをしてきたか……私は調べ上げているぞ」

彼の言葉に、取締役達は驚いた顔になる。社長はさらにエキサイトした声で、

「おまえ――ヨシト・シジョウが、今までに買収した会社は世界中で二十にも上る。犯罪まがいの手も使ってきたはずだ。業績が上がらない会社を容赦なく切り捨てたことも多いと聞いている。おまえは実業界の悪魔と呼ばれているそうだからな」

その言葉に、取締役達は揃って青ざめ、慌てたように何かを囁き合い始める。社長は勝利を確信したかのような顔で、高らかに叫ぶ。

「その証拠は、私の優秀な秘書が集め、資料としてまとめている！　……ヴァレンティノ！」

その名前に、私は本気で驚く。

……ヴァレンティノ？

私はその場に硬直しながら、呆然と思う。

……いや、イタリアではたいして珍しい名前ではない。もちろん、あの男とは別人で……。

「失礼いたします」

聞こえてきたのは……耳に刻まれてどうしても忘れることのできない……あの低い美声だった。

……まさか……。

入ってきた男を見て、私は本気で呆然とする。そこに立っていたのは……やはり、あのヴァレンティノ・アマティだったからだ。

彼は会議室を横切って歩いてきて、社長の斜め後ろに立つ。社長はヴァレンティノにうなずいてみせてから、勝ち誇った顔で叫ぶ。

「この男に関する調査報告を！　こんな綺麗な顔をして中身はどんなに汚い人間なのか、きっちりと暴いてやれ！」

社長の後ろに立って私を見つめるヴァレンティノの顔には、少しの表情も浮かんでいなかった。私は彼を見返しながら、ゆっくりと血の気が引いていくのを感じる。

……彼は、私のことを調べるために近づいてきたスパイだったのか……。

彼との時間が脳裏に鮮やかに蘇り、私は思わず拳を握り締める。

……では、甘い囁きも、あの挑発的なキスも、そしてあの獰猛な愛撫も……すべて、ゲイであるという私の内面を暴きだすための演技だったのか？

「調査結果を発表させていただきます」

ヴァレンティノは無表情なままで私から目をそらし、手元の書類に目を落とす。気づくと数人の女性秘書達が、会議に出席している全員の前に分厚いファイルを配り終えたところだった。

父を始めとする司条側の人間達が、深刻な顔でファイルをめくる。

私のやり方は、たしかに毎回強引だ。だが、合併した会社の社員達には不自由のない暮らしを用意しているつもりだし、取締役達にも司条グループの傘下に入ったことを絶対に後悔させないよう気を配っているつもりだ。だが、彼ほどの切れ者にかかれば、いくらでも隙を突いて糾弾することができるかもしれない。

……何よりも私は、彼の前にすべてをさらしてしまった。男の愛撫に感じ、発情する男。それだけでも、取締役達の嫌悪をかきたてるには十分だろう。

「まず、資料の五ページ目から、ご説明させていただきます」

冷静に話し始めるヴァレンティノを見つめながら、私は思わず拳を握り締める。

……このファイルには、きっと私の一番醜い部分が暴かれた資料がまとめられているのだろう。会社の業績は悪化していないので文句のつけようがない。だとすると、私の弱点はプライベートだろう。もしかしたら愛撫に感じる姿が盗撮されたかもしれないし、二人の会話を詳細に記録してあるかもしれない。

参加者達は慌ててページをめくっている。だが、私はファイルを開くことすらできない。

……いずれにせよ、私が蕩けそうになっている間、彼は冷静なままで記録を取ることに集中していた。私は、騙されていたんだ。

そう思っただけで、なんだか泣いてしまいそうになる。私は、彼との時間がそれほど大切だったことに今さらながら気づく。

……今さら気づいても遅い。それに、彼の言葉はすべて嘘で……。

「ここにあるグラフは、ミスター・ヨシト・シジョウが経営に関わるようになってからのシジョウ・グループの業績です」

「おお……これは……」

フェリーニ社の取締役達の間から驚きの声が漏れ、私はきつく目を閉じる。

「これは素晴らしいな。しかもM&Aを成功させるたびに、見事に業績が上がっている」

取締役の一人が言い、私は慌ててファイルを開いてページをめくり……。

「……え……？」

ゲイだという性癖を隠していたことの証拠を突きつけられ、蔑まれ、責められるのだと覚悟していた私は……そこにあった見慣れたグラフに驚いてしまう。

……これは……司条グループの経営会議で発表されたもの。ここ数年の業績を表していたグラフだ。

「これを見る限り、ヨシト・シジョウの経営手腕は並外れています。天文学的な負債を負っていたはずの会社も、たった数年で経営を立て直しています。まさに天才といえるでしょう」

ヴァレンティノが言い、真っ直ぐに私を見つめてくる。

……彼は、いったい何をしようとしているんだ？

私と同じように呆然としていたフェリーニ社の社長が、ヴァレンティノを振り返って言う。

「しかし、経営者に必要なのはそれだけではない！　そういうことを言いたいのだろう、ヴァレンティノ？」

彼の言葉に、ヴァレンティノがゆっくりとうなずく。私は鼓動が不吉に速くなるのを感じながら思う。

……私を糾弾するのはここから、というわけか……？

ヴァレンティノは目を上げ、会議室に並ぶフェリーニ社の経営陣をゆっくりと見渡す。

「ミスター・ヨシト・シジョウは経済や経営に関する知識だけでなく、時代の流れをを完璧に読み解く鋭い感性、そして何よりも人の心を動かすカリスマ性を持っています。これのない経営者には未来はありません。その点でも、彼はとても優れた経営者といえるでしょう」

フェリーニ社の取締役達が戸惑いながらもうなずいたのをみて、社長が苛立った声で、

「秘書のおまえがあの男の肩をもってどうするっ？　私はそんなことを調べるように命令した覚えはないっ！　あの男の不正の証拠を持って来いと言ったはずだ！」

彼の額には汗が浮き、顔は怒りに紅潮している。経営陣が眉をひそめたところを見ると、彼が会議でこんなふうに激昂するのは珍しいことではないのだろう。社長は鬼のような形相でファイルをめくりながら、

「どれもこれも、あの男の会社の業績が上がっているという資料ばかりじゃないか！　それに、なんなんだこれは！　カロッツェリア・フェリーニのメンバーからの意見陳述？」

その言葉に、取締役達は驚いたように一斉にページをめくる。私も慌ててそのページを探して目を落とす。

「……これは……」

そこにあったのは、私が訪ねたあのデザイン工房のメンバーからの意見だった。

『ミスター・ヨシト・シジョウはフェリーニ社の製品に対する造詣も深く、知識も豊富。彼となら今後もいい製品を作っていけることを確信した』

その言葉に、私は胸が熱くなるのを感じていた。あの工房で過ごした時間は本当に少しだったし、意見を交わすというよりは私が一人で興奮していただけのような気がして……彼らがどんな印象を持ったのかが、実は不安だったんだ。

「この男を、工房に連れて行ったのか？」

社長の言葉に、ヴァレンティノは平静な顔のままで、

「はい。カロッツェリア・フェリーニは、予約があれば見学が許可されています。もちろん最新の製品のある場所は案内できませんが、彼はそこへは立ち入っていません。彼は単なる一観光客として工房を訪ねただけ。メンバーとの会話はもともと禁止されておりません」

「しかも、なんなんだ、この内容はっ？」

社長は叫んでファイルからそのページを千切り取るが……工房メンバーからの意見が数ページにわたっていたことに気づいたようだ。さらに怒った顔ですべてのページを引き抜き、そしてビリビリに引き裂く。

「現社長である私よりも、顔が綺麗なだけのこんな小僧につくというのか？　あいつら、全員解雇だ！　今日付けで追い出せ！」

「解雇？　何を言い出すんですか」

フェリーニ社の副社長が、愕然とした顔で言う。

「カロッツェリア・フェリーニのメンバーを解雇したりしたら、もうフェリーニ社は今までの伝統を守ることも、フェリーニらしい新しい製品を作ることもできなくなります」

「そうです、それでは、すでにフェリーニ社とは言えない状況に……」

「私のやり方に口出しする気かっ！　今すぐクビになりたいのかっ？」

青ざめて言った専務の言葉を、社長が乱暴な口調で遮る。社長はヴァレンティノをギラギラした目で睨みつけて、

「おまえも、このままではクビだぞ。前置きはいいから、さっさとヨシト・シジョウの不正の証拠を持って来い」

「不正の証拠……ですね。それならこちらに」

ヴァレンティノが言い、後ろに控えていた秘書達に合図を送る。彼女達はさっきよりもさらに分厚いファイルを全員の前に配る。

「……不正の証拠だと？」

隣に座った父が、きつく眉をひそめながら呟く。

「由人は、そんなことは一度もしていない。でっち上げか？」

「次のファイル、三ページ目をご参照ください」

ヴァレンティノの言葉に、会議室の面々が新しく配られたファイルを開く。私は「スキャンダル」ではなく「不正」という言葉が使われたことをいぶかしく思う。

……たしかに父の言うとおりだ。……もしも、意図的に不正をでっちあげたとしたら、本気で軽蔑するが……。

私はヴァレンティノを睨みつけ……彼が真っ直ぐに見返してきたことに驚く。彼の顔には少しの後ろめたさも迷いもなく、何かの決意が浮かんでいた。まるで今から、とても大切なことを決行しようとするかのような……？

私はハッとして、慌ててページをめくる。

そこにあったのは、たくさんの数字が並んだ書類。綿密に記載された帳簿のようなものだが……取引先にも、内訳にも、まったく見覚えがない。

「これは……どう見てもうちの会社のものではありませんが……？」

父がいぶかしげな声で言った時、フェリーニ社の副社長がハッと息を呑んだ。

「これは……わが社の……！」

「たしかにそうです！　いや、しかし、こんな金額になるはずが……！」

専務が叫び、社長に目をやる。社長は呆然と書類に目を落としていたが……みるみる青ざめていく。ヴァレンティノを振り返ってかすれた声で言う。

「ヴァレンティノ……どこでこれを……？」

「私はあなたの秘書です。しかもあなたは不正を働いているわりにはセキュリティーが甘かった。あなたのPCの中から裏帳簿を見つけ出すことなど容易でした」

ヴァレンティノは書類から目を上げることすらせずに言う。

「そして五ページ目をご参照ください。……現社長が横領や不正な取引で得ていた金額は概算で八千万ドル。そのほとんどが自分のための贅沢品、そして複数の男性の愛人のために使われています。彼らのための豪華なマンション、服や車などを購入した記録が残っています」

「……八千万ドル……そんな大金を……？」

副社長が愕然とした顔で言う。ヴァレンティノはうなずいて、

「私がもう少し早く秘書になっていればなんとか阻止することもできたかもしれませんが、ほとんどが私が本社に来る前に使われたものでしたので。……ちなみに」

ヴァレンティノはページをめくって、

「社長の個人資産を計算してみました。……ペントハウスや世界中にある別荘、愛人のために買い求めた複数のマンション、五隻のメガクルーザー、三機の自家用ジェット、五台のリムジンと多数の自家用車……などをすべて売り払えば、八千万ドル程度になるはずです」

ヴァレンティノは言って、唇を震わせて青ざめている社長を真っ直ぐに見つめる。

「いち社員の代表として言わせていただければ……あなたのような人間がこの誇り高いフェ

リーニ社の社長に相応しいとはとても思えません」

その言葉に、副社長がゆっくりと立ち上がる。

「私も同感です。なんとか信じようと思ってきましたが……もうあなたが社長に相応しいとはとても思えません。わが社の社員、そして株主達も同じように感じると思います」

「私も同感です」「私も」と言いながらフェリーニ社の取締役達が次々に立ち上がる。

「ちょっと待て！　いったいどうする気だっ！」

社長が怒りの形相で叫ぶが、取締役達はもう動揺しなかった。

「私達はあなたの退陣を要求します。もちろんすべてを売り払って損失を埋めていただくつもりですよ。……正式な要求は株主会議の後になると思いますが」

副社長が社長を睨み据えながら言い、その迫力に社長が息を呑む。副社長は私達に目を移し、そして頭を下げる。

「しかしそれだけではわが社は生き残れません。正式な条件の話し合いに入らせてください」

その言葉に、私の胸が熱くなる。

……この交渉はきっと成功するだろう。私の勘がそう断言している。

◆

「……まさか、おまえが現社長の秘書だったなんて……」

社からホテルに戻るリムジンの中で、私はまだ呆然としていた。

プロジェクトチームのメンバー、そして会議に参加した父や叔父達は、リムジンを連ねてローマの郊外にある行きつけのイタリアンレストランに向かっていった。前祝いと称して飲み明かすつもりだろう。

もちろん私が主役にされそうになったが……連日の徹夜で疲れているので寝かせてくれと言ったらあっさりと解放された。寝不足なのは本当だが、私は睡眠をとるよりもまずヴァレンティノときちんと話をしたかった。

「私がずっとプライベートを秘密にしていた理由を、わかっていただけましたか？」

ヴァレンティノは言い、その端麗な顔に笑みを浮かべる。それは一流雑誌のグラビアのように完璧な笑顔だったが……そのブルーの瞳は意地の悪い光を浮かべていて、まったく笑っていない。

「二重スパイというわけか。想像していたよりもずっとずっとひどい男だ」

私が言うと、彼は笑みを深くして、

「ビジネスとはパワーゲームであり、非情なものです。あなたなら理解してくださると思っていたのですが」

「ああ、ああ、もちろんよくわかるよ！」

私は言って舌打ちをし、両腕を頭の後ろで組み、靴を履いたままの足を向かい側のシートに載せる。行儀の悪い格好だが、こんなことでもしないと気が治まらない。

「『両方を騙して天秤《てんびん》にかけていた。だが最終的にはおまえを選んでやった。ありがたく思って文句を言うな』……そう言いたいんだろう？」

「天秤？ ……少し誤解があるようですが」

彼はまったく動じない声で言う。

「私は最初から、あなたを選ぶと心に決めていました」

私は疑わしい気分で彼を横目で睨む。

「本当か？ おまえの言うことだ、にわかには信じ難いな。……まあ……」

私は会議での社長の言葉や様子を思い出し、ため息をつく。

「……あの社長はひどすぎだ。おまえの言うことが本当だとしても、たいして嬉しくないな」

「あの社長と比べて、あなたを選んだのではありません。私は最初から、あなたのことしか考えていなかった。……あの展示会で会ったことをまだ偶然と思っているのですか？」

「えっ？」

意外な言葉に、私は呆然とする。彼は、

「プレスをしている友人からシジョウ・グループがフェリーニ社の吸収合併を考えているという噂を聞きました。そして私は、この計画を思いつきました。あの展示会で会ったのはもちろん偶然ではありません。私はあなたを計画に引き込むためにあそこで網を張っていました。捕まったのはあなたの方です」

にっこりと微笑まれて、私は呆然とする。彼は、

「あなたには黙っていましたし、正式に認知はされていませんが……私はCEOであるマリオ・フェリーニの実の孫です。不幸な事故で亡くなりましたが……本当ならあの会社は私の父が継ぐはずだったんですよ」

彼の言葉に、私は驚いてしまう。

「では……社長の座をあの男から取り戻すために、私を利用したのか？」

私は、驚くほどの胸の痛みを感じながら彼に言う。

「堅物の私をからかうのは、楽しかったか？」

私は泣いてしまいそうなのを必死でこらえて自嘲する。

「おまえには本当にみっともないところをたくさん見せてしまった。……満足か？」

彼はちらりと眉を寄せ、私を見つめる。

「何を言っているんですか？　私は……」

「うるさい！　すべてが私をからかうためだったことは、よくわかってる！　おまえが、ただの冗談で報酬などと言い出したことも……」

私は先が続けられなくなって、彼から目をそらす。

「私は復讐には興味がありません。ただあの会社がつぶれることだけは許せなかったのです。だからあなたに協力した」

「どちらにしろ、私を利用したんだな」

自分の口から出た声がとても苦しげで、私は自分で驚いてしまう。

「もし利用されたのだとしたら、悲しいですか？」

彼の言葉に、私の怒りが爆発する。

「決まっているだろう！　私は代償としてあんなことまでしてしまった！　しかもおまえのせいで、ほかの男に襲われたときに抵抗できなくて……」

「抵抗できなくてどうしたんですか？　まさか……」

彼が怒りのこもった声でいい、私は気圧《けお》される。

「最後まではされてない。もちろん殴った」

私が言うと、彼は深くため息をつく。

「……それならよかった。心臓が止まるかと思いました」

本気で安堵《あんど》したような声に、私はイラッとする。

「いいわけがないだろう？　寝ぼけていたせいで、相手がおまえだと思ってしまった。だからパジャマを脱がされても抵抗できなかった。一生の不覚だ」

私が言うと、彼は驚いた顔で、

「私にならパジャマを脱がされてもいいのですか？　嫌ではない？」

「うるさい！　グダグダ言うな！」

私は彼をソファに押し倒し、その腰にまたがって逃げられないようにする。

「いいから私の質問に答えろ！　もう一つも嘘は許さない！　いいな？」

彼は驚いた顔でうなずく。私はすべてを暴く覚悟を決め、質問を始める。

「妻子はいるのか？　恋人は？」

「いません。仕事が忙しくてそれどころではなかったし、心惹かれる相手もいなかった」

その答えに、私は不思議なほど安堵する。だが、質問したいことはこれだけではない。

「じゃあ、私のことはどう思っている？」

「一目見た瞬間から、あなたのために尽くしたいと思いました。そして、いつのまにかあなたのことを愛してしまっていた」

真っ直ぐに見つめられて、頬が熱くなる。

「それは……本気か？」

見下ろしながら言うと、彼は真摯《しんし》な目をして囁く。

「愛しています。本気です」

熱い告白に身体が蕩けそうになる。だが……まだ質問が終わっていない。

「じゃあ、代償とか言ったのはどうしてだ？」

「ただの口実です。どうしてもあなたに触れたくて……」

私はもう我慢ができなくなって、彼の唇を乱暴に奪ってその言葉を遮る。

……ああ、なんて男だ。私を、こんなふうにしてしまうなんて。

私は彼にのしかかり、仕返しに擦るようにしてその唇を何度も奪う。目の前にいるこの男が、憎らしくて、愛しくて、どうしていいのか解らない。

「とても嬉しいですが……そんな軽いキスでは、何度されても足りませんよ」

キスの合間に囁かれ、私はムッとして彼を睨む。

「じゃあ、どうすりゃいいんだ？」

「そんなに力を入れないで。口を少し開いたまま、唇を触れ合わせてください」

言われて、私は自分が緊張のあまり歯を食いしばっていたことに気づく。深呼吸をして顎の力を抜き、そのまま唇を合わせて……。

「……んんっ！」

唇を触れ合わせた瞬間、彼の舌が私の舌を下から舐め上げた。淫らなその動きだけで身体の力が抜け、私は彼にのしかかったまま、下からキスを貪《むさぼ》られてしまう。

「……んん、んん……っ」

彼の両手が私の腰を強く引き寄せ、私は逃げられなくなる。思うさま舌で口腔を愛撫されて……もうまともに呼吸すらできない。

「あなたはどうなんですか？」

酸素を求めて身体を離す。腰にまたがった格好の私を、彼は真っ直ぐに見上げてくる。

「素性もわからない私にキスをされて、どうして抵抗しなかったんです？　乳首を愛撫されただけで、どうして勃起までしたんですか？」

獰猛な声で問いつめられ、私はもう嘘が言えなくなる。

「最初から見とれていた。キスをされて忘れられなくなった。愛撫されて発情した」

そう言うだけで、私の屹立がヒクリと反応してしまう。私はイケなかったあの時のことを思い出して、震えるため息をつく。

「マスターベーションでイク時、おまえの顔ばかり浮かんでくる。おまえのせいだ。どうしてくれるんだ？」

彼はセクシーに微笑んで、私を腰にまたがらせたままで上半身を起こす。不意打ちのキスをして私を痺れさせておいて、私の上着のボタンをゆっくりと外していく。

「もちろん責任を取らせていただきます」

言いながら、その長い指で私のネクタイをゆっくりと解《ほど》く。

「マスターベーションなんてもったいないこと、二度とできない身体にしてあげますよ」

彼の両手が、上着の中に滑り込む。ワイシャツの上から両方の胸を手のひらで包まれて、身体がひくりと震えてしまう。

「……あ……あ……っ」

「本当に感じやすいんですね。ほんの少し触れただけで、震えてしまうなんて」

彼の指先が、私の乳首の先を、ピン、と軽く弾く。

「……んっ！」

「ワイシャツ越しでも形がわかるほど、尖っていますよ」

彼の指先が両方の乳首を摘み上げ、そのままゆっくりと揉み込んでくる。

「……ん、んん……っ」

私は唇を噛んで、必死で声をこらえる。彼の指での愛撫はとても巧みで、そうしないと声を上げてしまいそうだったからだ。

「やめ……いつも、乳首ばっかり……」

私が必死で言うと、彼は可笑《おか》しそうに笑って、

「乳首ばかりで物足りなかった？　別の場所もして欲しかったですか？」

私はいつものように言葉で抵抗しようとするが……うながすようにワイシャツの上から乳首を擦られて、もう強がりが言えなくなる。

「……欲しかったに……決まっているだろう……？」

私の唇から、かすれた囁きが漏れた。

「……反り返るほど勃起させられて、なのに一人きりで置いていかれた。私がどんなに切な

かったか、おまえにわかるか……あっ……！」

彼の腕がいきなり私の身体に回る。そのまままくるりと体勢を入れ替えられ、気づいたら私はベッドの上に押し倒されていた。

「置き去りにしてすみませんでした。あなたがあまりに色っぽくて、あのまま犯してしまいそうだったんです」

彼が、私を真っ直ぐに見下ろしてくる。下から見上げる彼はとても獰猛に見えて……鼓動がますます速くなる。

「もう、容赦しません」

彼の瞳の奥に、暗い欲望の炎が燃えている。

「あなたは、今夜から私だけのものになる。覚悟はできていますか？」

「今さらそんなことを聞くな」

私は言ってそっと目を閉じる。

「好きなようにしたらいいだろう？　もう、私のすべてはおまえのものだ」

彼は小さく息を呑み……そして次の瞬間、私は彼の腕の中にさらいこまれた。

「……あ……っ」

驚いている間に、身体を覆う服が次々と脱がされていく。上着とワイシャツが剝《は》ぎ取られ、ベルトの金具と前立てのボタンが外されてしまう。

「……待ってくれ……そんな急ぐな……ああ……っ」

　私は言うが、スラックスの布地ごと屹立を握り込まれて、もう言葉が続けられなくなる。その間にファスナーが下ろされ、下着ごとスラックスが引き下ろされる。

「……ああ……っ！」

　私の屹立が、プルン、と震えて空気の中に弾け出る。とても感じている証拠に、先端から蜜が溢れて腹の上に振り零される。

　恥ずかしさに息を呑んでいる間に、靴と靴下を脱がされ、足から下着とスラックスが引き抜かれる。すべての衣類が床に落とされて……私は一糸まとわぬ裸のまま、ベッドの上に仰向けにされる。

「純白の肌に、消えそうなほど淡い桜色」

　彼が私を見下ろして、うっとりと囁く。

「こんなに無垢な色なのに、愛撫するとだんだん染まって、ねだるように硬く尖ってくる」

　彼は囁いて顔を下ろし、私の肌にそっとキスをする。

「本当に美しい。あなたの乳首は、まるで白磁の上に散った桜の花びらのようです」

「……あ……っ」

　私の右側の乳首に、彼がそっとキスをする。

「……ん……っ！」

濡れた舌でゆっくりと舐め上げられて、腰が跳ね上がってしまう。

「……あ……ああ……っ」

左側の乳首を手のひらで撫でられながら、右の乳首をゆっくりと舌と唇で愛撫される。尖った乳首が熱い唾液で濡らされていくところが……信じられないほど淫らだ。

「……やめ……やめてくれ……っ」

わざと音を立てて吸い上げられ、乳首を摘み上げられて、屹立から先走りの蜜が溢れる。

「……んんー……っ！」

ひくひくと震える私の身体の上を、彼の舌がゆっくりと滑る。

「……あ……っ」

今度は左の乳首の上にキスをし、舌で尖った先端を刺激してくる。

「……あ……やめ……っ」

彼の唇が、私の左の乳首をゆっくりと吸い上げた。さっきまで舌で嬲《なぶ》っていたもう片方の乳首を、指先で揉んでくる。

「……ああ……っ！」

ヌルヌルとした刺激、両方同時に施される愛撫に、腰が跳ね上がるほど感じてしまう。

「……胸、やめ……我慢、できなくなる……っ」

私の屹立は痛いほど硬くなって反り返り、先端のスリットからとめどなく先走りの蜜を溢れさせている。ヌルヌルの液が茎を伝い落ちる感触がとんでもなくいやらしい。

「……乳首をほんの少し愛撫されただけで、もうイキそうですか？」

彼が低く囁き、恥ずかしいほど尖ってしまった私の乳首を焦らすように舐め上げる。

……ああ、こんなにクールな美貌《びぼう》の男が、こんないやらしい愛撫をするなんて……。

「……仕方ないだろう……おまえが……こんな……ああっ！」

乳首の先端をチュクッと音を立てて強く吸われ、同時にもう片方の乳首をキュッと強く摘み上げられて……屹立が、私の下腹でビクビクと跳ね上がる。

「……ダメだ……本当に、出そうなんだ……っ」

下腹に、先走りの蜜がトロリと大量に溢れるのを感じる。

「ああ……先走りをこんなに漏らしてしまって」

彼が呆《あき》れたように言って、指先で蜜をたっぷりとすくい上げる。

「こんなにクールで美しいのに、本当はとんでもなくいやらしいんですね」

彼が囁いてゆっくりと顔をずらし、私の心臓の上にそっとキスをする。

「でも……そんなところもますます素敵です」

彼の唇の柔らかさとそのあたたかな感触に、ますます鼓動が速くなる。

「あなたをずっと抱きたかった」

彼が、私の肌に唇をつけたままでそっと囁く。

「でも……あなたがあまりに麗しくて高貴に見えて……触れるのが少し怖かった」

彼の声が辛そうにかすれていることに気づいて私の胸がズキリと甘く痛む。

「怖かったにしては、ずいぶんと触っていたようだが？」

私がかすれた声で反論すると、彼はクスリと笑って顔を上げる。

「あんなものは触れたうちに入りませんよ。……触れるというのは……」

彼の大きな手が、私の腿の隙間に滑り込んでくる。

「……あ……っ！」

彼の指先はそのままスリットにまで忍び込み、その深さをたしかめるようにゆっくりと往復する。

「……や、やめ……っ」

先走りの蜜が溢れて側面を伝い落ち、スリットに流れ込んでくる。

「……あ……あぁ……っ！」

くすぐったさの混ざった甘い快感に、私は思わず声を上げる。深い場所にある蕾に触れられて、どうしていいのか解らなくなる。

「……ああ……っ！」

「ここに触れられるのは初めてですか？」

彼が囁きながら、私の蕾の周辺の花びらをゆっくりと解《ほぐ》す。流れ込んできた先走りを指ですくい上げ、私の蕾にたっぷりと塗りこめる。

「……や……あ……っ！」

「答えてください。まさか、ほかの男に触れさせたことは？」

彼の声がやけに真剣で……私はふいに今までされた意地悪に対する仕返しを思いつく。

「プライベートな質問に……答える義務はない……っ」

私は必死で答えるが、声が甘くかすれているところが恥ずかしい。彼は一瞬驚いたように微かに目を見開き……それから、今まで見た中で一番の意地の悪い笑みを浮かべる。

「なるほど。私を挑発するということは、それだけの覚悟がおありなんですね」

彼のブルーの瞳が、まるで肉食の野獣のようにギラリと獰猛に光る。

「さすが、私が選んだだけのことはある。強気なところもとてもいいですよ」

彼の指が、不意打ちでヌルリと蕾に滑り込んだ。

「うわ……っ！」

彼の指は、私が漏らした先走りでたっぷりと濡れている。拒まなければと思うのに、その滑りのせいでどんどん奥まで侵入してくる。

「……やめろ……指、出せ……っ！」

私は彼の二の腕に爪《つめ》を立て、彼の脚を蹴って必死で抵抗しようとする。本気で攻撃すれば彼はきっとやめてくれるだろう。なのにほとんど力が入らないところがとても悔しい。

「初々しい反応だな。セックスが怖いですか？」

彼は私の抵抗などまったく気にせず、私の蕾を指で犯していく。指先がとても深い場所を探っていて、もうどうしていいのか解らない。

「……違……セックスなんて、珍しくもな……アアッ！」

彼の指先が内壁のある一点をキュッと刺激し、私は知らずに高い声を上げてしまっていた。屹立がビクッと跳ね上がり、大量の先走りで私の肌を濡らす。

「……ア……アァ……ッ！」

彼の指でその一点を容赦なく愛撫されて、私はきつく目を閉じて喘ぐことしかできない。

「ここがあなたの弱点ですよ。気持ちがいいでしょう？」

耳元で囁いてくる、とんでもなくセクシーな囁き。私は息も絶え絶えになりながら、最後の気力を振り絞って言う。

「……よくない……指を、抜け……っ！」

「あまり憎らしいことばかり言うと、朝までイカせませんよ？」

囁きながら指をゆっくりと揺らされて、私の腰がビクビクと跳ね上がる。腰骨のあたりから蕩けそうな快感が広がり、屹立をせり上がって……。

「……ダメ……アアッ……出る……ッ！」

激しい射精感に、私は思わず声を上げる。もう精を迸らせることしか考えられなくて……。

……ああ、イく……！

私は彼の二の腕に爪を立て、顔を仰向けながら激しい快楽に酔いしれる。

……すごい……こんな快感を感じたのは、生まれて初めてで……！

「あっ！」

射精のほんの一瞬前、彼の指が、私の屹立の根元をきつく握り締めた。せき止められた欲望が、身体の奥で荒れ狂う。

「やめろ！　指を離せ！」

私は両手で彼の手を摑み、強く爪を立てて外させようとする。だけど彼はまったく気にせずに可笑しそうに微笑んで、

「そんなにイキたいですか？」

私はもう抵抗することもできず、必死でうなずく。

「イキたい！　イカせてくれ！」

「それなら、私の言うとおりの言葉を繰り返してください。よろしいですか？」

囁いて、彼が蕾に入れた指をゆっくりと揺らす。指先が私の弱点をかすめて、蕩けそうな快感が下腹に広がる。

「……く……ん……っ」

今にもイキそうなのに、放出できない。そのつらさは想像以上で……。

「よろしいですか？」

もう一度聞かれて、私は必死でうなずく。

「……わかった、なんでも言う！　なんて言えばいいんだ……っ！」

彼は微笑みながら私の耳に口を近づけて囁く。

「『イカせて、そして朝まで犯して』……です。どうぞ繰り返してください」

今まで生意気を言ったことに対する謝罪の言葉でも言わされるのかと思っていた私は、その言葉に呆然とする。

「そ、そんなこと……」

自分がそんな言葉を口にすることを想像するだけで、恥ずかしさにおかしくなりそうだ。

「そんなこと、言えるわけ……アア……ッ！」

彼の指が、私の弱点をキュッと強く刺激した。その瞬間、足先から鋭い射精感が背骨を駆け上る。このままイケたとしたら、どんなに素晴らしい絶頂に酔いしれることができるだろう。なのに……。

「……く、うう……っ！」

彼のもう片方の手が、私の屹立をキュッと締め上げ、私の絶頂をせき止める。私はかぶりを振り、彼の手に爪を食い込ませて快楽の涙を振り零した。

「……もう許してくれ……本当に……おかしくなる……っ！」

「おかしくなるほど感じるなんて。もしかして、本当にヴァージンではないんですか？　どこかの男とセックスをしたことがある？」

彼の声がスッと低くなる。その口調に怒りが含まれている気がして、私は驚いて目を開く。快楽の涙に曇った視界の中、彼はなぜかとても深刻な顔で私を見下ろしていた。

「自分でも不思議なのですが、私は今、とても激しく嫉妬しているようです」

彼が、秀麗な眉を強く寄せながら言う。

「あなたの美しい身体を抱いた男が、この私以外にいるなんて」

宝石のように青い瞳の奥に、獰猛な光が揺れている。初めて見るような彼の人間的な顔に、私の胸がズキリと甘く痛む。

「嘘だ。誰にも触れさせたことなどない。信じろ」

私は手を伸ばして彼の頬に触れ、かすれた声で彼に囁く。

「残念だ。完璧な秘書だと思ったのに、こんなに嫉妬深い男だったなんて」

彼はさらに眉を寄せるが……それは怒りというよりは戸惑っているように見えた。

「自分でも自分がわかりません。恋などくだらないと思っていた。なのに、こんな……」

苦悩した顔がたまらなくセクシーで、見ているだけでおかしくなりそうだ。

「……もういい」

私は彼の言葉を遮り、そして両手を彼に向かって伸ばす。

「私を朝まで抱け。そしておまえのものにしろ。それで、面倒なことはすべて帳消しだ」

彼は驚いたように目を見開き……そして私の身体をしっかりと抱き締める。

「わかりました。朝まで愛し合いましょう」

耳元に響く熱い囁き。彼は身を起こして私を見下ろしてくる。仕立てのいい上着を脱ぎ捨て、私を見下ろしたままネクタイを緩める。

「……あ……」

その仕草のセクシーさに私は思わず見とれ……それから彼が自分のベルトの金具に手をかけたのを見て息を呑む。彼は少しの躊躇もなくスラックスの前をゆるめ……。

私は慌てて目をそらすが、一瞬だけ見えた彼の欲望が目に焼きついてしまう。自分のものとは比べ物にならないほどの逞しさに、思わず血の気が引く。

……あんなものを、受け入れることなんかできるのか……？

彼の手が私の両腿を摑み、大きく割り広げる。

「……あっ！」

膝が胸につくほど折り曲げられて、さっきまで愛撫されていた蕾が露《あら》わになる。

「……あ……」

蕩けた蕾に、焼けた鉄の棒のように、硬く、そして熱いものが強く押し付けられた。

「……ああ……っ」

生まれて初めての感覚に私は怯え、蕾がキュッと強く引き締まって彼を拒絶する。

「……ダメ……やっぱり無理だ……っ！」

私はきつく目を閉じ、思わず叫ぶ。

「……そんな大きなもの、入るわけがないっ！」

「怖いですか？」

囁いてきた彼の声に、私は驚いて目を開ける。ふざけた響きが少しでもあったらきっと私は本気で怒っていただろうが……彼の声は不思議なほど真剣だった。

「怖いのなら、今夜はここまでにします」

彼は、私を真っ直ぐに見つめたままで言う。

「私はあなたを傷つけたいわけではありません。無理に奪ったりはしません。大丈夫」

優しい響きの声に、私の怯えがゆっくりと融《と》けていく。

「もしも今夜がダメなら、明日。明日がダメなら、次の夜。あなたがいいと言ってくれる時まで、私はいつまででも待ちます」

彼が手を伸ばし、私の唇にそっと触れてくる。

「愛しているんです、ヨシト」

真摯な囁きに、私の心がふわりと熱くなる。

「……私も愛している、ヴァレンティノ」

私は、彼を見上げたままで囁く。それから頬が熱くなるのを感じながら、

「……怯えたりしてすまなかった。おまえのそこがあんまり大きいので、少し驚いただけだ」

言うと、彼は小さく苦笑して、

「それは褒めていただいたととってもいいんですか？」

「続けたければ、笑うな。するなら早くしてくれ」

私は必死で覚悟を決め、きつく目を閉じる。

「私も男だ。どんなに痛くても、最後まで我慢してみせるから」

「セックスは、我慢でするものではありませんよ」

ふわりと空気が動いて、彼の芳しいコロンの香りがする。チュッと音を立てて優しいキスをされて、私の身体から力が抜ける。

「私が、蕩けるような快楽の境地に連れて行ってあげます。あなたは目を閉じて、感じていればいいですよ」

囁きながらゆっくりと屹立を愛撫されて、私は小さく息を呑む。

「そう。目を閉じ、リラックスして、快感だけを追ってください」

「……あ……っ」

慰めるように屹立を愛撫され、硬く閉ざされた蕾が再び指で解される。前と後ろに同時に施される愛撫に、私はだんだんと感じ、そして高ぶっていき……。

両脚を広げられ、再び屹立を押し当てられた時、私はもうトロトロに蕩けてしまっていた。

「いい子だ、そのまま力を抜いていてください」

ゆっくりと押し入れられて、広げられる微かな痛みを感じる。

「大丈夫？　できそうですか？」

囁かれて、私は目を閉じたままでうなずく。

「……ああ……大丈夫……っ」

内壁で感じる彼の屹立は、燃え上がりそうに熱かった。彼も私に感じてくれているんだと思うだけで、泣いてしまいそうな気分になる。

「……あ……あ……っ」

彼の逞しい欲望が、ゆっくりと私の内側を満たしていく。愛する人を受け入れるのは……信じられないほどの快感だった。

「……んん……っ」

彼の先端がある一点を掠《かす》めた瞬間、腰が蕩けそうな快感が全身を貫いた。

「……そこ……っ」

「ん？　ここですか？」

彼が囁き、屹立の張り出した部分でその部分を愛撫してくる。信じられないほどの甘い痺れに、私の内壁が痙攣《けいれん》し、彼の屹立をきつく締め上げてしまう。

「……ああ……ヴァレンティノ……」

私は喘ぎ、シーツをきつく摑みながら彼の名前を呼ぶ。

「……ダメ……蕩ける……」

「あなたの中は、たしかに蕩けそうに熱い。震えながら、絞り上げてくる」

彼が私を抱き締めて、耳元で囁いてくる。

「すごい。こんな快感が、この世にあるなんて」

彼の囁きがとんでもなくセクシーで……私の中に残っていた最後の理性が四散する。

「……お願いだ……」

私は必死で瞼を開き、涙で曇った目で彼を見つめる。

「……このまま、朝まで犯して……アアッ！」

私の言葉が終わらないうちに、彼が獰猛な抽挿を開始する。摩擦が激しい快感に変わり、足先までが甘く痺れる。

「……アッ……アアッ……！」

激しく突き上げられ、背中がシーツの上で滑る。彼は私を抱いて逃げられないように固定し、そのまま思うさま貫いてくる。

「……アアッ……すごい……イク……！」

私は全身を反り返らせ、きつく目を閉じて喘ぐ。

「いいですよ。朝まで何度でもイカせてあげます」

彼が囁き、抽挿のリズムに合わせて激しく揺れる、私の屹立をしっかりと握り込む。

「……あ……っ！」

焦らすようなリズムで突き上げながら、同じ速さで濡れた屹立を扱かれる。

「……あ、ダメだ……出る……っ！」

つま先から、電流のような激しい痺れが走り、私の屹立が跳ね上がって……。

「ンンーッ！」

先端から、ビュクビュクッ！　と欲望の蜜が迸った。激しく飛んだ熱い精に、私の腹から胸、さらに顎までもが濡らされる。

「……ん……くう……っ！」

激しい快感に、私の内壁がキュウッと収縮して彼の屹立を絞り上げてしまう。彼は小さく息を呑み、それからかすれた声で、

「イケナイ人だ。そんなふうに締め上げられたら、もう我慢できなくなります」

彼は囁いて私の唇にキスをし、放った蜜でヌルヌルになった胸を両手で撫で上げる。

「……ん……っ！」

放ったばかりだというのに、私の内側にさらなる欲望が湧き上がってくる。

「……我慢しないで……おまえが、欲しいんだ……」

私は目を開き、必死で彼に訴える。

「……おまえの欲望を、私に注いでくれ……」

「なんて人だ」

彼が囁いて、もう一度私にキスをする。そしてゆっくりと抽挿を開始して……。

「……ん、んんーっ！」

私を奪いながら、彼の指が両方の乳首を摘み上げてくる。とても感じやすくなった乳首を愛撫されながら、激しく突き上げられる。同時に与えられるあまりの快感に、何も考えられなくなる。

「……ヴァレンティノ……もっと……！」

私の唇から、淫らな誘いの言葉が漏れる。

「……もっと……めちゃくちゃにして……ああ……！」

彼の顔が下りてきて、私の唇を深く奪う。舌で口腔を愛撫されながら、屹立で激しく貫かれる。私はあまりの快感に目の前を白くし、息も絶え絶えに喘ぎ……。

「……んん……んんー……っ！」

深い場所まで犯される快感に、私の屹立から二度目の精が迸った。キュウッと締め上げると逞しい彼の屹立が私の中でびくりと反応する。

「……ンン……ッ！」

彼の抽挿のリズムに合わせてベッドが激しく揺れる。二人の鼓動が速くなり、熱い呼吸だけが部屋に響いて……。

「……っ」

彼が小さく息を呑み、私の両肩をベッドに縫い留める。

「……愛している、ヨシト……」

彼の熱い欲望の蜜が、ドクンドクンッ！　と激しく私の内側に撃ち込まれる。その熱にまで感じてしまい、私の屹立の先端から、精が搾り出されてしまう。

「……あ……あ……っ！」

深い部分までたっぷりと愛する人の蜜に満たされ、私はあまりの幸せに震える。

「……愛しているんだ、ヴァレンティノ……」

私の唇から、かすれた告白が漏れた。彼は私の唇に優しいキスをし、唇を触れさせたままで囁いてくる。

「朝まで、という約束は覚えていますか？」

彼のセクシーな言葉に、満たされたはずの身体の奥に、また火が灯る。

「……覚えている……だから……」

私は彼にキスを返しながら囁く。

「……朝まで、抱いて……」

「いつもの美しくてクールなあなたは、とても素敵ですが……」

彼が私を抱き締めて耳元で囁く。

「こうしてトロトロに蕩けたあなたも、本当にたまらない」

そして私達は再び抱き合い、愛し合う二人でないといけない高みに駆け上り……。

◆

M&Aは無事に成功し、フェリーニ社は優秀な経営陣の手で生まれ変わった。彼は新しい取締役の秘書になるかと思いきや、日本支社に来て、産休に入った女性秘書の代わりに私の第一秘書になってしまった。

「フェリーニ社が無事だったってことは、チーム・フェリーニは、次のF1にも、無事に参戦するんだよね？」

東京本社の会議室。取締役会議の後の会議室で、隼人が嬉しそうな声で言う。

「それもこれも、兄さんと、そして協力してくれたヴァレンティノさんのおかげだ！　オレ、すごく楽しみ！」

隼人の言葉に、私は仕事の疲れが一気に吹き飛ぶ気がする。

「おまえにそう言ってもらえると、本当に頑張った甲斐があったと思う」

私は隼人に歩み寄り、そのしなやかな身体を腕に抱き締める。取締役の叔父達がいる前でやるといろいろと後でうるさいのだが、会議室に残っているのは私達と資料を片付けている秘書室のメンバーだけなので、こんなことをしてもまったく問題はない。

「おまえに喜んでもらえてよかった。モナコには一緒に行こうな」

柔らかな髪に頰を埋めると、太陽をたくさん浴びた猫のような香りがする。それは私が大好きな、隼人の匂いだ。

「モナコ？　本当に？」

私の胸から顔を上げた隼人が嬉しそうに言う。キラキラ煌めく瞳が本当に美しい。

「本当だよ、隼人。二人きりで楽しいバカンスを……」

「残念だな、その日、隼人には先約がある」

いきなり声がして、隼人の身体が私の腕から奪い取られる。そこには隼人の部下であり恋人でもある塔馬が立っていた。彼は学生時代からの友人なので私にこんな口をきくが……可愛い隼人を抱き締めて和んでいる時に邪魔をされると本気でイラッとくる。

「そんな時期にまで隼人に仕事をさせる気か？　そんなことはこの私が……」

「そうではない」

塔馬はあっさりと私の言葉を遮り、隼人を真っ直ぐに見下ろす。

「あなたとレース観戦をするために、コースを見下ろせるマンションに部屋を買いました。

私と一緒に、休暇を過ごしていただけませんか？」

浮かんだ微笑みに、隼人の頬がカアッとバラ色に染まる。

「本当に？　すごい！　それに……」

隼人はやけに色っぽく目を潤ませて言う。

「……おまえとの休暇、めちゃくちゃ楽しみかも……」

私は本気で苛立ちを覚えながら、ヴァレンティノを振り返る。

「私もモナコにマンションを買うぞ！　今すぐに手配しろ！　おまえはイタリア人なんだから少しはコネがあるだろう？」

言うと、ヴァレンティノは平然とした顔で言う。

「それは、レース観戦のためですか？　それともクルージングや観光のため？」

「当然、隼人とのレース観戦が目的だ！　まあ、どうせならクルージングだのカジノだのを楽しんでもいいが……」

「でしたら、モナコの私のマンションをお使いください。クルーザーもありますし、カジノはすぐ近くです」

ヴァレンティノの言葉に、私は驚いてしまう。

「おまえ……モナコにマンションを持っているのか？」

その言葉に、隼人と塔馬も驚いたように振り返る。

「ええ。祖父の影響で昔からレースにも興味がありましたので。最近忙しくてなかなか行けませんでしたが」

私はそこで、彼があのフェリーニ氏の孫であること、そしてあのフェリーニ一族の血を引く人間であることを思い出す。わざわざ言いふらすようなことでもないので、隼人を始め会社の人間には秘密にしていたのだが……。

「すごいですね、ヴァレンティノさん！　もしかしてお家がお金持ち？　いつも上品だからそんな感じしますけど」

隼人が言い、ヴァレンティノがにっこり笑う。

「私はあなたのように高貴な生まれではありませんよ、司条部長。ですが普段ほとんど金を使わない生活をしているので、貯金が少しありました」

「堅実なんだ。ますます素敵だなぁ」

隼人がうっとりと言い、塔馬が眉をひそめている。平然とした様子を装っているようだが、内側では嫉妬の炎が燃え盛っていることだろう。

……まあ……私も似たような状態なのだが。相手が誰であろうと、可愛い隼人が頬を染める様を見るのはかなり不愉快だ。

「隼人、こんな男に憧れたりしちゃダメだぞ。こいつは本当に意地が悪いし、こんなクールな顔をして、とんでもなく……」

スケベなんだ、と言おうとしてしまった私は慌てて口をつぐむ。

「とんでもなく、何？　知りたい！」

隼人に無邪気に言われて、私はたじろいでしまう。

「プライベートなことです。あまり知りたがったりしたら失礼ですよ。……それよりもそろそろオフィスに戻りませんか？　報告書も残っていますし」

塔馬が言い、隼人が素直にうなずく。

「ごめなさい、ヴァレンティノさん。兄さん、また退社の時間に内線電話をするね」

隼人が私達に言い、塔馬にうながされてドアに向かう。二人はそのまま退場かと思われたが……しかしなぜかヴァレンティノが二人の背中に向かって呼びかける。

「よかったら、モナコではご一緒しませんか？　レース観戦の後、クルージングでも」

塔馬が余計なことを、という顔をするが、隼人は目を輝かせて、

「わあ、楽しそう！」

「クルーザーは大きいものでベッドルームもいくつもありますから、よかったら、時間が許す限り遠くまで……」

「ヴァレンティノ！」

私は彼の言葉を遮って言う。

「おまえには、私の仕事のサポートがあるだろう？　隼人、モナコでは別行動にしよう。塔

馬に睨まれるぞ」

その言葉に、隼人はカアッと頬を染める。

「そ、そうだね。兄さんのお仕事の邪魔になったらいけないし」

塔馬が満足げにうなずき、隼人を連れて退散する。

「いいんですか？」

ヴァレンティノが可笑しそうな声で言う。

「愛する弟さんと、せっかくバカンスを楽しめそうだったのに」

「このドS！」

私は言い、彼の首に両腕を回す、引き寄せた彼の唇に乱暴なキスをする。

「本気で言っていたのか？　私とのハネムーンなのに？」

「まさか。私はあなたがどう出るかを試しただけですよ。合格です」

彼は言って身を屈《かが》め、私の唇に軽いキスをする。

「ご褒美は、何がいいですか？」

「本当に腹黒いな、おまえは」

私は呆れてしまいながら言う。

「それに、おまえの知識と実力なら、フェリーニ社の経営陣にでもなれたはずだ。どうしてわざわざ自分から秘書になったんだ？」

彼は私を見つめながら、にっこりと微笑んでみせる。

「私は第一線に立つよりも、裏で画策するほうが楽しいんです。すべての情報を知り、裏から糸を引くことができる秘書は理想的な仕事です」

その言葉に、私は呆れてしまう。

「なんて男だ」

彼は笑みを深くして、私を見つめる。

「それに……」

彼は、逞しい腕で私を抱き締めながら囁く。

「あなたを裏から支配するのは、とてもいい気分だ」

その声があまりにセクシーで、私は思わず胸を震わせる。

「本当にとんでもない男だ。どうしてこんな男を恋人にしてしまったんだろう？」

私が言うと、彼は耳元でくすりと笑って、

「そんな男を好きになった、あなたもあなたですよ」

彼が私の顔を覗き込み、そっと唇にキスをする。

そのキスが甘すぎて、私はもう抵抗できなくなってしまう。

私の秘書は、ハンサムで、獰猛で、ドSで……しかしこんなふうに本当にセクシーだ。

あとがき

こんにちは、水上ルイです。今回の『獰猛な秘書は支配する』は、大富豪の御曹司で優秀なビジネスマン、司条由人と、彼が出会った謎の男、ヴァレンティノ・アマティのお話。以前ルチル文庫さんから出していただいた『高慢な部下は支配する』の番外編ですが、独立したお話なのでこちらから読んでいただいて大丈夫。『高慢は〜』は由人が溺愛する弟の隼人とその部下、塔馬一彰のお話。そちらでは由人は凶暴でクールなブラコン兄として登場しています（笑）。興味が湧いたらそちらもよろしくお願いします（CM・笑）。

海老原由里先生。お忙しい中、とても美しいイラストを本当にありがとうございました。ハンサムなヴァレンティノと、麗しい由人にうっとりしました。これからもよろしくお願いできれば嬉しいです。

編集担当Sさん、Oさん、ルチル文庫編集部の皆様。今回も本当にお世話になりました。これからもよろしくお願いできれば幸いです。

そしてこの本を読んでくれたあなたへ。どうもありがとうございました。また次の本でお会いできるのを楽しみにしています。

二〇一二年　春　　水上ルイ

✦初出　獰猛な秘書は支配する……………書き下ろし

水上ルイ先生、海老原由里先生へのお便り、本作品に関するご意見、ご感想などは
〒151-0051 東京都渋谷区千駄ヶ谷4-9-7
幻冬舎コミックス　ルチル文庫「獰猛な秘書は支配する」係まで。

RB 幻冬舎ルチル文庫

獰猛な秘書は支配する

2012年5月20日　第1刷発行

✦著者　水上ルイ　みなかみ るい

✦発行人　伊藤嘉彦

✦発行元　株式会社 幻冬舎コミックス
〒151-0051 東京都渋谷区千駄ヶ谷4-9-7
電話 03(5411)6432[編集]

✦発売元　株式会社 幻冬舎
〒151-0051 東京都渋谷区千駄ヶ谷4-9-7
電話 03(5411)6222[営業]
振替 00120-8-767643

✦印刷・製本所　中央精版印刷株式会社

✦検印廃止

ISBN978-4-344-82527-7　C0193　Printed in Japan

本作品はフィクションです。実在の人物・団体・事件などには関係ありません。

「幻冬舎ルチル文庫」

大好評発売中

『クールな作家は恋に蕩ける』

水上ルイ

イラスト 街子マドカ

560円(本体価格533円)

締切厳守、仕事も私生活も容姿も完璧な作家・押野充は、男女問わずモテるが恋愛には興味がない。自作がハリウッドで映画化されることになり米国を訪れた押野は、場末の劇場で出会った俳優志望の男・ジャンにいきなりキスを奪われる。無骨で屈託がなく不思議な知性が見え隠れするジャンの表情が、自作に登場する刑事役にぴったりだと感じた押野は!?

発行●幻冬舎コミックス　発売●幻冬舎